彼女は鏡の中を覗きこむ

小林エリカ

集英社

目次

SUNRISE　日出ずる　5
宝石　13
シー　93
燃える本の話　113

彼女は鏡の中を覗きこむ

SUNRISE　日出ずる

彼女はゆっくりと目を開け、太陽の光を見る。太陽の直径は約１４０万㎞。水素原子核の核融合で発せられたそのエネルギーは、中心から１００万年あまりの年月をかけて表面へ達し、約６０００度の熱を放つ。そして光は、８分19秒の時間を経て、地球へ届く。

彼女がこの日本の東京の街に生まれたのは、広島の街に続いて長崎の街に原子爆弾が閃光を放ってからちょうど二年と一日後、八月十日のことだった。

母の腹の中から彼女は十月十日で生まれ出る。

彼女は洋子《ようこ》と名づけられた。太平洋の洋をとって、洋子。

彼女六歳、小学校へ入学する年の三月、まっすぐな黒髪をはじめて彼女の母に三つ編みに編んでもらった。その同じ頃、かの太平洋、ビキニ環礁には眩《まぶ》しい光が放たれていた。アメリカによる原子爆弾に続く水素爆弾の爆発実験がはじまっていた。洋の真ん中に光とともに巨大な水柱とキノコ雲が立ち昇る。実験場の近くでマグロ漁をしていた日本の第五福竜丸の乗組員たちはじめ多くが被曝し、マグロたちは原爆マグロと呼ばれ築地の地底に埋められた。

彼女はそれを母と一緒に訪れた暗闇の映画館の白黒ニュース映画で見た。彼女の母は髪だけでなく毛糸を編むのも得意だったので、映画館の闇の中でもずっと編み物は続けられ、その日のうちにマフラーができあがった。

その同じ三月、日本の国会では戦後はじめての原子力開発予算が成立し原子力開発がはじまる。それはウラン235に因《ちな》み、2億3500万円だった。

彼女一一歳、中高一貫の女子校へ入学する一年前の冬、はじめて一万円札という紙幣が発行された。そこには日出処《ひいずるところ》の天子、聖徳太子の姿が印刷されていた。彼女はそれを見てうっとり目が眩《くら》む。そして、いつかそれをたくさん欲しいと思った。

彼女一六歳、高校一年の秋、日本ではじめて原子の力で電気が灯る。茨城県東海村に作られた動力試験炉ＪＰＤＲは八月に初臨界を迎えたのだった。それはテレビのニュースでもやっていたが、彼女の家にはまだテレビがなかったのでそれを見ていない。ただ中学校の時の数学の先生が、夫が原子力関係の仕事をしていて東海村へ転勤するからという理由で学校をやめたことを思い出す。

彼女一八歳、女子短期大学に進学。日米安保条約をめぐる動きからはじまり時は学生運動に突入するが、彼女はそれとは無縁のまま卒業し、就職をする。

彼女二〇歳、就職先として決まったのは日本長期信用銀行、長銀だった。まっすぐな黒髪は三つ編みに編むかわりに短く切ってパーマをあてた。

今やかつて望んだとおり彼女の手の中にはたくさんの一万円札があった。もちろんその金は一円たりとも彼女のものではなく銀行の金だったが、彼女はそれを夢中で数えた。今、札は機械が数えるが、昔、金は銀行の窓口に座る女たちがその手で数えたのだ。

彼女三〇歳、銀行で働き始めてから十年目、医者をやめて作家を目指す男と結婚。それから後に彼女は、四人の娘たちの母になる。ちなみにその四番目の娘というのが私である。つまり彼女は私の母である。

その同じ頃、日本のあちこちには原子力発電所が造られていて、彼女が四〇歳になる頃までには原子力発電所は35基約2788・1万kWの電力を街へ送り出すことになる。街は昼も夜も原子の力で光輝いた。

彼女五一歳、私を含め四人の娘たちが次々と独立したり結婚したりしてみんな家を出て行ったその年に、かつて彼女が働いていた日本長期信用銀行は経営破綻。もはや一万円札に印刷されているのは聖徳太子ではなく福沢諭吉になっていて、彼女が給料を貯めて買った銀行の株券はみんな紙くずになったのだった。

彼女六三歳、彼女の夫が死に、翌年、彼女の母も死んだ。私たちは葬式のために喪服を新調しなければならなかった。

彼女の母が死んだのは、東北に大きな地震と津波がやってきて、福島第一原子力発電所が、光を放ちながら爆発した年のことだった。インターネットの動画では白い煙が空に立ち昇り、目には見えない放射性物質が降る。しかし彼女の母が死んだのは、地震のせいでも、放射能のせいでもなく老衰で、クリスマスの晩のことだった。編みかけのセーターや帽子と一緒に、幾つもの鮮やかな赤の毛糸玉だけが残された。真夜中、街灯とネオンライトでぼんやり明るい東京の夜空から雪が降っていた。

彼女は新品の真っ黒な喪服を着て、後ろにひとつに束ねた黒髪にサングラスをかけたまま、葬儀屋に支払う金を数える。手の中で一万円札が広がってゆく。数年前にやった白内障の手術のおかげで、彼女には室内でもサングラスをかけなければならないほど光が眩しく見えるのだ。

それから私たちは一緒に喫茶店へ入った。そこでは、グレン・ミラー・オーケストラの「ムーンライト・セレナーデ」がしきりにBGMで繰り返されていた。その曲のレコード裏面に録音されていたのが「サンライズ・セレナーデ」という曲だということを、私はずっと後になって知ることになる。

そして、その「サンライズ・セレナーデ」が、世界ではじめての原子爆弾がアメリカニューメキシコ州トリニティサイトで太陽のような光を放つその時、ラジオから流れていた曲だということを。

ガジェットと名づけられたその原子爆弾の直径は約1・5m。マンハッタン計画、原子爆弾開発予算は約20億ドル。中心にあるプルトニウムの核分裂で発せられたエネルギーは、太陽の表面温度の約11倍約6万6000度の熱を放ち、あたりを焼き尽くしながら光輝いた。

今、彼女は六八歳、もうすぐ彼女の娘がまたひとり母になる。
十月十日すれば私の腹の中から赤子が生まれる。
赤子はゆっくりと目を開け、太陽の光を見ることになるだろう。

宝石

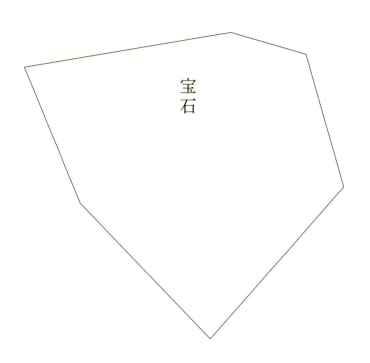

冥《くら》きより冥《くら》き道《みち》にぞ入《い》りぬべき
　はるかに照《て》らせ山の端《は》の月
和泉式部《いずみしきぶ》

1

地下鉄大江戸線の工事がはじまったばかりの頃、あまりにも深く穴を掘るので、その地底からは温泉が湧き出るに違いないと尤《もっと》もらしい噂が流れた。いや、温泉どころか、あそこは軍の敷地だったから戦争で死んだ人たちの白骨が出てくると話すものもあった。

けれど結局、地底からは温泉も骨も出ないまま工事は進められ、マゼンタ色のマークの地下鉄大江戸線――当時は都営12号線と呼ばれていた――は一九九一年に開通。後にその六本木駅は東京で地下一番深い場所にある駅になる。

工事中の地下鉄の入り口。私はその暗く深い穴の底を覗きこむ。

この地面の下がずっと遠くの場所と繫《つな》がっているんでしょう。すごくない？

私は話しかける。ひとりきりではない。

隣にいたのは誰だっただろう？

○

彼女は鏡の中を覗きこむ。彼女がうっとりと見惚れているのはしかし彼女自身の顔でなく、その白い胸元に光り輝く大きな宝石だ。彼女の名前は富美代《ふみよ》。愛知県の三河一大きな宝石屋の娘だ。隣町のレントゲン医の男の家に嫁入りした折には桐の簞笥《たんす》いっぱい（実際それは大袈裟に違いなかったが彼女はそう形容していた）の宝石を持って来た。

その髪はパーマネントをあてて艶やかに波うつ漆黒で目は切れ長の一重瞼《まぶた》。「主婦之友」を熟読し「電燈の下で美しく見せる化粧法」に従って鼻の頭には粉白粉をつけ、目のまわりと頬には一番薄い紅《べに》をさしている。電気ランプに照らされた彼女の腹は大きく膨れており、もうすぐ臨月にさしかかる。

まだ幼い頃から彼女は彼女の母にこう繰り返し言い聞かせられてきた。

「憶えておおき、正しい見分け方を。」

彼女の母は彼女の髪を梳《くしけず》る。

「ダイヤモンドにはラジウムをあてるといい。本物か偽物かすぐわかる。」

曰《いわ》く、本物のダイヤモンドだけはラジウムをあてると眩《まばゆ》く光輝くという。

時は一九二九年。大正天皇崩御《ほうぎょ》に続く今上天皇の即位の大礼は昨年秋に終わったばかりだ。

彼女はゆっくりと振り返る。彼女の視線と私の視線がぴたりと交わる。

それから目が覚める。

あの宝石を手にして以来、私は夢を見るようになった。死者が主人公の夢だ。

○

目を開けると私は車の中にいた。ミニバンの車内にはカーヒーターの匂いが充満していて、結露しかけた窓の向こうでは小雨が降っている。ガラスには水滴がついては後ろへ流れ線を描き消えてゆく。私はそれを目で追いながら、また彼女の夢だ、と考える。後部座席からミラーに映る私自身の姿を覗きこむ。その胸元につけた宝石は仄《ほの》かに発光しているように見える。そこに指を触れ再び目を閉じようとしたところで、助手席の母が振り返り、コンビニのチョコレートを差し出した。

「長生きはするものね。温泉、楽しみだわ。」

母が癌《がん》を患ったのは父が死んでから程なくしてのことだった。私たちは、母も死ぬやもしれないと殆《ほとん》どありもしない遺産の相続についてまで話し合ったが、放射線治療のかいあり母は恢復《かいふく》した。それ故、母の恢復祝いもかねて、私たちは数年ぶりに家族旅行へ出かけることになったのだった。

旅行会社に勤務する長姉が温泉宿を手配した。福島県の南東部にある石川町の猫啼《ねこなき》温泉という名の温泉である。

長姉曰く、そこの湯は「よみがえりの湯」とも呼ばれ、どんな病も治るという言い伝えのラジウム泉らしい。加えてそこは和泉式部の生まれ故郷でもあるそうで、近くには和泉式部が産湯を使った「泉」だとか、川を水鏡にその髪を梳った時に櫛《くし》を置いた「石」というものまで存在するらしかった。

「ここぞまさにママにぴったりでしょう、そしてなにより安いのよ。」

母、私を含む四人姉妹、唯一の男は三姉の息子だけという、とにかく女が多い大所帯の旅行である。姉たちの夫やパートナーは遠慮したのか面倒なのか欠席だった。

次姉はショートボブの髪を片手で掻き上げながらハンドルを握っている。アパレルの企画営業部で働いている次姉は仕事で運転することも多いそうで、父が死んで以来出かける時は大概運転を担当する。雨脚が次第に強まり、次姉はワイパーの速度を速めながら不服そうに口を開く。

「正直、和泉式部の生まれ故郷ってさ、全国津々浦々あるんじゃない？　あたし佐賀へ行った時見たよ、和泉式部が生まれたっていう禅寺。和歌の掛け軸とかもあったし。第一、墓だって幾つもあるっていうし。もっと近場の温泉でよかったんじゃない？」

東北自動車道を北上し白河を越え、さらに北東へ進んだあたりから道には車もまばらになっている。

三姉は小学生の息子を最後部座席へ追いやると酔い止めのキャンディーを口の中へ放り込み、眉間《みけん》に皺《しわ》を寄せ目を閉じながら言う。

「ねえ、ラジウム泉って放射性？　本当に身体にいいのかしら？」

長姉はジェルネイルを施した指先で巻いた髪を触りながらふてくされている。

「文句があるなら、あなたたちが宿探せばいいじゃないのよ。」

三姉の息子だけは我関せずといった調子でひとり黙々と妖怪ウォッチのカード整理に精を出している。

かつては助手席で地図を広げていた母はナビのおかげで暇を持て余しているのか、しつこくまた皆にチョコレートをすすめはじめる。

「パパが生きてたらいっしょに来れたのにね。」

次姉がすぐさま小さく呟《つぶや》いた。

「パパは温泉なんか興味なかったし。」

細くうねる国道を進んだ山間《やまあい》に猫啼温泉はあった。アスファルトの向こうで木々が微妙に紅葉していた。大小何軒かある宿のうち最も鄙《ひな》びた、木造二階建てに瓦屋根の建物が私たちの宿であった。建物に比して駐車場だけは広々としているが、車はまばらだ。雨はまだ霧のようになって降り続いていた。

三姉はようやく目を開けほっとしたように声をあげ、髪をバレッタで留め直す。

「はぁーやっと着いた。」

次姉はハンドブレーキを引きながら呟く。

「よみがえりの湯ってさ、まさか幽霊がでるとかそういう意味じゃないよね。」

長姉はハンドバッグを抱えて一番に車から降りると大きく言った。

「いいところそうじゃないの。」

宿の名前が染め抜かれた大きな暖簾《のれん》を潜《くぐ》る。中は薄暗く床には真紅の絨毯《じゅうたん》が敷き詰められていた。私たちは茶菓子を出された後に部屋へ案内される。畳の部屋の中央には如何《いか》にも温泉旅館風情の座椅子が並んでいた。母は荷物を投げ出すと早速ポットのお湯で緑茶を淹《い》れながら独りごとのように言う。

「うちの近くにもこんな風に温泉が湧いてたらねえ。」

○

私たち四姉妹が育った家は、東京の練馬区、光が丘の街からほど近い場所にあった。

光が丘にはかつて日本陸軍の飛行場があり、第二次世界大戦中にはそこから何機もの飛行機が南洋へ向かって飛び立っていったという。

戦後はそこへアメリカ軍がやってきて、南北戦争の折に北軍を率いたグラント将軍に因み「グラントハイツ」と名づけられたアメリカ陸軍の家族宿舎が建てられた。父がこの場所に引っ越して来たのは、ちょうど「グラントハイツ」が日本に全面返還された一九七三年のことだった。そうして光が丘は東京の都市計画に組み込まれ、公園や清掃工場や住宅が造られることになる。

私が四人姉妹の末娘として生まれたのは光が丘公園の工事がはじまった翌年のことで、小学校へあがる頃まではその光が丘公園も真っ白な清掃工場の煙突も完成。それから次々と背の高いピカピカの団地が建てられ始め、私たちはそれに夢中になった。

なぜならそこから飛び降り自殺する人が多いということだったから。夜になれば幽霊も出るらしいということだったから。

私たちは万一にも飛び降りる人や幽霊を目にできるかもしれないと興奮した。なにしろ、私たちが知るこのあたりでは、かつての巣鴨プリズン——池袋のサンシャイン60——以外、人がただビルの上から飛び降りて死ねるほど高い建物など思い浮かばなかったのだから。

四人で光が丘の空ばかりを見あげては、人が落ちてこないかとひたすら待った。しかし、程なくして三人の姉たちは買い物とデートに興味が移り、空など見あげる間も無くＩＭＡという名前のショッピングセンターへ駆け込むようになった。

ネオンライトが光輝くＩＭＡ。

ローマ字の読み方を知った私は口の中でそれを繰り返し発音してみる。

ＩＭＡ。

いま。今。

けれど三人の姉たちが買い物やデートをしている間、私だけがひとり飽きもせず背の高い団地の向こうの空を眺め続けた。人が飛び降りるのを待っていた。

○

深い地底から泉が湧きあがる。

母に抱かれたひとりの赤子がその泉の水で産湯を使った。それは平安時代、天元元年、九七八年頃のことだった。泉の水は血で真紅に染まる。赤子は大きく泣き声をあげる。その赤子は玉世姫《たまよひめ》と名づけられた。

玉世姫は、美しく賢く成長し、その黒髪は艶やかに長く伸びた。その胸には愛猫《あいびょう》を抱き、幼い頃から万葉の歌を諳《そら》んじた。流れる川のへりで水鏡を覗きこむ。玉世姫は自ら作った歌を吟じながら、その漆黒の髪を洗い整え、丁寧に梳った。それから大きな石の上に櫛を置く。

美貌と歌の才の噂は京へまで届き、そうして玉世姫は、一三歳でこの故郷を出た。

その愛猫だけがこの地に残された。

猫は哀しみに暮れ、玉世姫を想い、朝から晩まで啼き続けた。そうしてすっかり衰弱した猫はいつしか病に冒された。もはや死が近かった。

ところが、ある日、猫は湧きいずる泉に浸かり、病はすっかり癒えた。

かくして、この地に後世までその猫は名を残し、猫啼という地名で呼ばれることになる。

福島県石川郡石川町字猫啼。

この地にはラジウム泉が湧いている。

そうして後に、玉世姫は和泉式部と呼ばれるようになる。

旅館のテーブルに置かれた猫啼温泉の由来が記されたリーフレットを読む。私が生まれた年よりちょうど一〇〇〇年前、和泉式部はこの地で生まれたということだった。

リーフレットの他にもPP加工された近隣紹介案内が置かれていて、玉世姫が産湯を使った「小和清水《こわしみず》」なる泉や、近くの旅館の庭にあるという和泉式部が櫛を置いた「櫛上げの石」の写真などが添えられている。

ファイルに挟まれたパンフレットや周辺の地図も次々と広げてゆく。

このあたり一帯からは珍しい鉱石も採れるようで、緑柱石や水晶をはじめ放射性の鉱物などの写真が掲げられた歴史民俗資料館の鉱物紹介もある。石川町を流れる川沿いの桜並木も有名らしい。

周辺地域の広域観光地図を開くと地図の一部は灰色に塗り潰されていて、福島第一原子力発電所の事故以来の立ち入り制限区域になっていた。

母は温泉饅頭を頰張りながらリーフレットをあれこれ広げて猫啼の由来と解説を読む。

「なんだかこの温泉に浸かったら随分長生きできそうだわ。」

三姉の息子が妖怪ウォッチのカードを畳の上に広げながら口を開く。

「なんで？」

母はポットのお湯を急須に注ぎながら答える。

「ここのラジウム泉に入ったら、死にそうだった猫の病気が治ったんだって。ここに書いてあるのよ。」

三姉の息子はきっぱりと言う。

「犬は泳げるけど、猫は泳げないんだよ。」

それから母の方をまっすぐに見つめて言った。

「猫が温泉に入ったら、溺れて死ぬよ。」

猫の病を癒やし命を永らえさせたという「よみがえりの湯」には小さな露天風呂までついていた。

如何にも温泉旅館らしい天ぷらや刺身、固形燃料で温める鍋物などが次々と並ぶ夕食の後、私たちは交代で温泉へ入る。

私は長姉と次姉と三人で、透明で臭いのないラジウム泉に浸かった。二人の姉たちは臆することなくその裸体を露《あら》わにしながら冷たい外気の中を果敢に進み、露天風呂へ向かってゆく。私たち姉妹の胸はメンデルの法則のごとく、長姉はボイン、次姉はペチャ、私もペチャで、一様に乳首だけが小さかった。

露天風呂の片隅には小さなライトが据えられていたが、岩と垣根の向こうはもうすっかり闇に包まれていた。

長姉は長い髪を丁寧にまとめた頭にタオルを巻きつけながら湯に浸かる。

「こうしてみんな集まるのも久しぶりよね。わたしは結婚決まってすぐ家出ちゃったから。」

次姉はタオルをきっちり絞ってから四角に畳むと露天風呂の岩の隅に置き、湯へ勢いよく入りこむ。

「自転車で光が丘遊びに行ってた頃のこと考えると、随分と枯草姉妹になったもんだ。まあ、猫の病気も治ったっていう温泉に浸かってせいぜいあたしたちも長生きしたいもんね。」

私は胸と体にタオルを這《は》わせるようにかぶせたまま、ふたりから少し離れた場所で湯に入る。ラジウム泉から立ち昇る白い湯気がゆっくりと闇の中へ吸い込まれてゆくのを目で追った。そのまま空を見るとそこには満月からかすかに欠けはじめたばかりの月があった。

長姉はかつてを懐かしむ様子で切り出した。

「ねえ、憶えてる？　光が丘に出没するっていう永遠に死なない男の都市伝説、流行《はや》ったわよね。」

長姉のすぐ隣に陣取る次姉は怪訝《けげん》そうに答える。

「なにそれ、全然憶えてない。」

長姉は頭のタオルからこぼれ落ちた髪を丁寧にまとめなおしながら続ける。

「ほら、名前はなんだったか忘れちゃったのだけれど、とにかく奇妙な男が光が丘ＩＭＡのあたりにいて、その男が、死なないっていうふれこみで、その男と寝るとどんな病気も治るんだって噂、あったでしょう。」

「なんだそれ。」

次姉は声をあげて笑ってから大声で続ける。

「寝るってアレ？　エッチってこと!?」

「そうよ。」

長姉は爪で湯をかき混ぜながら、本当に憶えてないの？　と繰り返し、さらに話を続ける。

「なんで憶えてないのよ。ほら、ともだちのともだちのおばあちゃんが癌になって、でもその男と寝たら癌が治って元気になったって、噂になっていたでしょう。」

次姉は、おばあちゃん攻めるね、と笑ってつけ加える。

「その男さえいればママももっと早く癌が治っただろうね。」

私は会話には加わっていなかったがそれには苦笑する。

しかし長姉だけは真顔で言うのだった。

「そうよ。わたしはママとだって寝てもらいたいわ。わたしだって死ぬくらいなら誰とだってするわよ。」

次姉は鼻を鳴らして湯船の中で脹脛《ふくらはぎ》のマッサージをはじめる。

「あたしは絶対嫌。死なないゾンビみたいな男とエッチするなんてありえないし。

単なる変態？　それとも詐欺？」

「どうかしら。」

「単に女とエッチするためだけの口実だな、恐らく。」

次姉は憤慨していたが、長姉は思い出したように続ける。

「そうだわ。それでね、クラスの女の子の間でその男の話がもりあがったのよ。でね、じゃあ、それならみんなでその男と実際寝てみましょうよ、って話になったの。それで女の子たちみんなで光が丘にその男を探しにいったの。」

「冗談だよね!?」

「けれどいくら探してもその男、見つからなかったの、っていう怪談話。」

ラジウム泉にライトの光が映りこんで揺れている。

「怪談ていうより、その女子たちがホラーだし。」

次姉は湯の中でマッサージを続けながら言った。

長姉は露天風呂の向こうの闇へ目をやり呟く。

「そもそも、そんな男いなかったのかもしれないわ。実は飛び降り自殺した人の幽霊だったのかもしれない。」

　しばらく沈黙し、それから長姉と次姉は顔を見合わせる。そしてけらけらと声をたてて笑った。

私もつられて小さく笑い、ふたたび沈黙が訪れる。

私はその男を知っているような気持ちがする。

誰？

けれど私は、それをうまく思い出せない。

姉たちの大きな胸が、小さな胸が、湯船の湯を揺らす。私はタオルを身体に引き寄せながら湯をかき混ぜる。湯に映りこむ光が千々《ちぢ》に砕けながらどろりと黒く波うった。

次姉が尋ねる。

「それいつごろの話なわけ？」

長姉はしばらく考えてから答える。

「いつだったかしら、確か、そう、昭和天皇が死んだ頃のことだったわね。平成元年。平成なんて変な元号ねって、光が丘行く途中、みんなで話してたのを憶えてるもの。」

次姉は湯の中であぐらをかくポーズになりながら溜息をつく。

「平成元年て、一九八九年か。あの頃って、携帯もポケベルも持ってなかったもん。そりゃあいろんなこと憶えてないわけだ。」

長姉は身体を湯の中に深く沈めるような格好になって言う。

「それにあの頃はデートで忙しかったものね。」

そうして私たちは各々のぼせながら露天風呂からあがり、その話はお終いになった。脱衣所で長姉は持参のブラシとドライヤーを手に長時間かけて熱心に髪をブローし、次姉は半裸でストレッチをしていて、私は畳敷きのスペースに寝転がって髪も乾かさないままポカリスエットを飲む。

○

昭和天皇が崩御したのは一九八九年一月七日。私はその日のことをくっきりと憶えている。昭和天皇の容体が悪化するにつれて、テレビからは歌もお笑いもなくなった。かわりにアナウンサーが神妙な様子でその血圧や下血の量を報告していた——私は身近な誰の死よりももっと正確に昭和天皇という人が死にゆく様を刻々と数字で知らされることになる。私はその数字を聞きながら、人はこんな風にして死にゆくのだということをはじめて知った。それは祖父が死んだ時よりもなお詳細で鮮明で明確だった――。

そうして遂に、あけましておめでとうの挨拶もなくなった。それから朝にサイレンのようなベルの音が鳴らされ、天皇崩御がテレビの向こうから繰り返し伝えられた。正月はまだ明けたばかりだったが雲は重く垂れこめていた。

偶然にもその同じ時、我が家の二軒隣に暮らしていた年老いた女がひとり布団の中で死んでいた。女は常日頃から、早く仏様に、死んだ父さん母さんに、お迎えに来てもらいたいと近所中にふれまわっていた。加えて数珠《じゅず》を片手にぽっくり地蔵に通いつめていたので、その念願叶っての最期ではあった。しかし、現代社会では家でぽっくり逝くと警察が来るわけで、暗く静かな朝に、ひっそりと女の家の前にだけ赤いランプが点滅して見えた。

とはいえ誰一人そのひとりの女の死を気に留めようとはしなかった。黒い傘を手に持った大人たちはその女の家の前を足早に過ぎ、都内に設けられた記帳所へと列を成して向かって行った。そしてテレビをつければそこでもまた昭和天皇の死の報だけが繰り返されていた。

街のあちこちには黒いリボンがつけられた国旗が掲げられた。私はそれらを見つめながら、そのひとつひとつが実は二軒隣の女が死んだことを悼《いた》むために掲げられたものだと空想して歩きまわった。

湯からあがった私たちは、濡れたタオルとペットボトルを手に浴衣《ゆかた》姿で蛍光灯がところどころに灯る薄暗い廊下を歩く。

次姉がふと思い出したように言う。

「ねえ、そういえばさ、和泉式部が櫛を置いた「石」ってやつは、いったいどこにあるわけ？」

そこで、私たちは宿のフロントで白黒コピーの地図を受け取り、近所を探索に出かけた。

かの石はすぐ見つかるかと思ったが、標識も何も見当たらず、私たちはすっかり湯冷めしそうになりながら、あたりの宿の庭を覗いて回る。そうしてようやく「いざなぎの湯」と「いざなみの湯」の矢印にまぎれてあった小さな矢印を見つけ、階段を上ったり降りたりしながら次姉が冗談を言った。

「黄泉の国へようこそ。」

そうしてやっとのことで小さな裏庭へ辿り着く。

そこには確かに大きな石があった。石はごく小さなライトに照らされ、丁重に柵で囲われていた。

「本当にこれ？」

次姉は鼻を鳴らす。

そしてその脇には「和泉式部ゆかりのくし上乃石」という小さな木製看板にその由来まで添えられている。

だがそれから一〇〇〇年あまり後の未来にあたる今、この場所には、水鏡にしたという川もなく、すぐ脇にあるのは旅館の大広間と宴会場だった。

長姉は携帯電話を取り出す。

「これが和泉式部の石なのね。」

カメラで写真を撮った。フラッシュが光る。

○

「ママ、ダメよ。指輪なんか嵌《は》めたまま温泉なんかへ入ったら良くないし、金属だって宝石だって変色しちゃうよきっと。」

三姉は母が指輪を外す気配もなく風呂へ行こうとしているのをしきりに咎《とが》めている。母はまるきりそれを無視したまま、僅かに開けた窓の外へ向けて口から煙草《たばこ》の白い煙を吐き出す。そしてその煙草をつまむ母の指には、実際幾つもの指輪が嵌まったままだ。

第一寒いから煙草は外で吸うか窓閉めて中で吸うかのどっちかにしてちょうだいよ、そもそも煙草なんて身体に悪いわよ、と三姉は続けて文句を述べているが、母は我関せずといった調子を貫いている。母が窓の向こうへ吐き出す白い煙は闇の中に呑《の》まれるように消えてゆく。

「冗談じゃない。風呂へ入るたびに指輪を一つ一つ外すのなんてまっぴらごめんよ。面倒きわまりない。」

それから母は悠長に携帯灰皿に煙草を押し込んで消し、ぴしゃりと音を立てて窓を閉めた。それから独りごとのようにして呟いてみせる。

「いつか食事のたびに金歯だって外させられることになりそうだわ。」

しかし恐らく母は、その指輪を外そうにも外すことができなかったのだろう。父が死んでから母は随分太ったので、指輪はすっかり肉に食い込んで、もはや身体と一体化したかの如くそこに嵌まっていた。

母が茶色のスリッパをつっかけ、タオルを抱えひとり廊下へ出てゆくのを、三姉と三姉の息子が渋々追いかける。薄暗い廊下を歩く母の両手の指に、不釣り合いなほど輝く宝石が眩しく見えた。

生前、唯一父が母に買い与えたものが宝石だった。

我が家は決して金持ちではなかったし、父が医者をやめて作家を目指したおかげでどちらかといえば貧乏だった。寿司といえば回転するもの以外のなにものでもなく、クリスマスに食べるケーキの苺を巡っては姉妹で必ず喧嘩になった。そもそも四人もの娘たちを育てるのに金はかかるし、洋服やら高価な食べ物になどかける金はなかった。

しかし父は、いくら金がなくても宝石だけは、借金をしてでも手に入れたがった。なぜなら父の母という人は三河一大きな宝石屋の娘だったから。そして父もまた宝石屋の娘の息子なのであった。

デパートだろうが博物館だろうが、宝石を見ればいつだって目を輝かせ、いまにも擦り切れそうな黄ばんだシャツを着ていても父の両手の指には、いつも幾つもの指輪が嵌められていた。そしてそこには宝石があった。

その父が五年前の秋に死んだ時、その遺体が貧相な棺桶に納められた時にはしかし、その指にはもうひとつも宝石などなく指輪もなくなっていた。それを見て、私ははじめて泣いた。いずれにしても父の指はすっかり浮腫《むく》んでもう指輪など嵌められなかったのだ。

葬式の後、唯一残っていたのは父の母つまり祖母の宝石で、それらは私たち四人の姉妹に譲られた。

その宝石は、仄かな燐光《りんこう》を放って輝いていた。

そしてその宝石を胸元にさげたその晩から、私は彼女の物語を夢で見るようになったのだった。死んだ彼女、つまり、私の祖母にあたる富美代の夢だ。

2

彼女は鏡に映る窓の向こうの光を見遣《みや》り、目を細める。

「天気予報がないなんて不便ね。けれどちっとも構わないわ。」

窓の外では庭の木々が深い緑に色づき葉を茂らせている。こんなに陽差しが強いなんて、午後には雨が降るのかしら。彼女は独りごとのように呟く。

真珠湾攻撃の大詔奉戴日《たいしょうほうたいび》以来、新聞からもラジオからも天気予報がなくなっていた。ラジオからは、歌曲「白衣の婦人」が流れていて、それが終わると、青年日本交響楽団による円舞曲「金と銀」がはじまった。

彼女は団扇《うちわ》でその胸元をゆっくり扇ぐ。胸の谷間に汗が一筋伝って落ちる。

しかしそこにはもう、輝く宝石は無い。

「けれど、ちっとも構わないわ。」

彼女はお国のためを思って持てる限りの宝石をみんな供出してしまったのだった。金、銀、ダイヤ、琥珀《こはく》、瑪瑙《めのう》、ルビーにサファイヤ。「家庭鉱脈」とはよく言ったものだ。そもそも奢侈品《しゃしひん》禁止令のおかげで、三河一だった彼女の実家の宝石屋も店を畳まなくてはならなかったのだから。

ところで果たしてそれらの宝石たちが、いったい爆弾になるのか何になるのか、彼女にはさっぱりわからなかったが、それでもちっとも惜しいとは思わなかった。

とはいえふとした折に、満州ハルピンのロシア風の街並みを、アールヌーボー様式のハルピン駅の駅舎を、街灯とネオンライトが宝石みたいに輝く石畳の道をとびきり着飾ってデパートへ買い物に出かけたことを、冬は耳が千切《ちぎ》れそうなほどに寒かったことを、そしてその分厚いオーバーコートの下の胸元には本物の宝石が輝いていたことを、彼女とて懐かしく思わないわけではなかった。

彼女の夫がハルピンの陸軍病院勤務になって以来、彼女と彼女のひとり息子もまたその街で暮らしたのだった。

「ハルピンは今頃まだ春のような陽気かしら。」

彼女はもう一度独りごとのように呟き、まだ慣れない金沢の夏の陽差しに、何度も目を瞬《しばたた》かせる。


一家は彼女の夫が金沢陸軍病院勤務になったため、ハルピンから引き揚げてきたのだった。しかし、夫は金沢で勤めたのも束の間、再び満州へ戻り上海派遣第十三軍医部部員としてガーデンブリッジを渡り租界《そかい》へ進駐していった。

彼女は鏡越しに私を見つめる。密かに紅を塗った唇をゆっくり開く。

「戦争に負けて息子も夫もみんな死ぬくらいなら、宝石なんて安いものよ。幾らでもくれてやるわ。」

私は彼女の以前よりも余計に白くなった胸元を見る。彼女の視線と私の視線がぴたりと交わる。

それから目が覚める。

○

目を開けると私は電車の中にいた。気づくとここは大江戸線終点の光が丘駅だった。

私は飲みすぎたのかもしれない。いったいいつどこからどうして電車に乗ったのか、記憶がおぼろげだ。仕事からの帰り道はいつも東新宿駅経由で副都心線に乗り換え地下鉄成増駅へ、帰るはずだったのではなかったか。

ホームの真中で口を押さえ、階段を駆け上がるとトイレで吐いた。すっかり吐き終えてから薄暗い洗面台の前で鏡の中を覗きこむ。

酷《ひど》い顔だった。一重瞼はすっかり浮腫んでいたし、マスカラは落ちて目の下で隈《くま》のようになっていた。私は両手を洗おうとしたが壊れているのか水が出ず、仕方なくそのまま、絡まった髪を手櫛で梳《と》かした。

その胸元では宝石が微かに発光していた。

改札を出てＩＭＡへ向かう通路は大勢の人が行き来していた。忘年会帰りと思《おぼ》しき酔っ払いが大きく歌う声が地下道に響き、人々は壁ぎわにぶちまけられた吐瀉物を避けるようにして歩いてゆく。

私はさらに地上へ向かう階段を上り踊り場に立つ。そこで足を踏み出し、立ち止まる。

知っている。

冬の冷たい空気の匂いがする。

私はこの場所を知っている。地底の踊り場から地上を見上げる。

光が丘団地の窓の光の向こうに満月があった。

そうだ、私はあの時、ここであの男をこの目で見たのだ。

私は深く暗い穴の底を覗きこむ。

工事途中の地下鉄大江戸線。その地下へ続く階段を幼い私はひとり一段一段降りてゆく。深く息を吸い込むと、冬の冷たい空気と砂埃《すなぼこり》の混じった臭いがする。スニーカーのマジックテープが擦れる小さな音があたりに響いた。

入ってはいけない。勿論《もちろん》そんなことは知っている。けれど、私はその階段を踏みしめながら地下へ降りてゆく。私の心臓は高鳴る。なぜなら、その階段の向こうの深い地底には「黄泉《よみ》の国」が広がっているはずだから。

光が丘の空を見あげては人が落ちてこないかとひたすら待つのにいよいよ私も退屈し始めた頃、私たち四人姉妹は今度は深い地下を暗い穴の底を覗きこむのに夢中になった。

地下鉄大江戸線の工事がはじまったからである。温泉が湧いたり白骨が出るかもしれないという噂にくわえ、「黄泉の国」は深い深い地底にあるというアイディアがより私たちを興奮させた。時折こっそり工事中のテープを潜り、その階段を何段まで降りられるか競ってみせては口々に言った。

「死んだ人間も動物もみんなこの地底の『黄泉の国』にいるんだ。」

「そこでは食べ物を口にしたら身体に蛆が湧く。」

「万一後ろを振り返ったら、石になってしまう。」

四人で光が丘に現れたばかりの、深く暗い穴を覗きこんだ。しかし、程なくしてやっぱり三人の姉たちは買い物とデートに興味が移り、地底を覗きこむ間も無く、ショッピングセンターのＩＭＡへ駆け込むようになった。

けれど私だけはまたひとり飽きもせず深く暗い穴の底を覗きこんでいた。そして、時折工事中のテープを潜り階段を何段か降りてみることを試みるのだった。薄暗い階段は、深い地底へどこまでも続いているように感じられた。

その日、私がいつもより階段を深く降りてみようと考えたのは、その地下から仄かに漏れ出す光のせいだったかもしれない。私はその光に惹《ひ》きよせられながら、高揚していた。光を辿るように階段を降りてゆく。息を吸うたびに肺の中まで冷えた。吐き出す白い息は微かな光の中で揺らめき闇の中へ呑まれてゆく。

そうして辿り着いたその地底で私が目にしたのは、「黄泉の国」でも、死んでしまった誰でもなく、下半身を剥《む》き出しにして男にしがみつく女の姿だった。

薄暗い階段の踊り場で、女はスカートを捲《めく》り上げ、ソバージュの髪を振り乱しながら呻《うめ》き声をあげていた。今思えば、その女はまだ二〇代か三〇代も前半の年だったのかもしれない。けれどまだ一〇代だった私には、その女は充分におばさんに見えた。第一女の太ももはたるんで皺が寄っていたし、腰回りの肉は波打っていた。

そして何より女がしがみついている男は、少年みたいな格好で、奇妙だった。

真っ白な野球帽を被り、だぶついたコートを着た身体はまだ小さく華奢《きゃしゃ》で、それに顔や剝き出しになっている下半身や手の皮膚はみんな引き攣《つ》って、薄暗がりの中で仄かに発光しているように見えた。

男はその小さく眩い手の指を女の尻に食い込ませながら腰を動かしていた。

それから女の唇を音をたてて吸う。女はその唇を吸い返し舌を絡ませながら、荒い息を漏らす。

ああ。

女もまたゆっくりと、それから次第に速く腰を動かしてゆく。女の股から流れ出る液体が音を立て、それと呼応するように男の押し殺したような呻き声は次第に大きくなってゆく。

女は目を閉じ、息を大きく吸い込んでは、身体を震わせた。

ああ。

男もやっぱり目を閉じ大きく息を吸い込む。

それから男はゆっくりと目を開ける。

私と男の視線が交わった。男の目には睫毛《まつげ》がなかった。そしてその向こうの瞳は透明だった。私はその場に凍りついたようになって動けなかった。

男は私をまっすぐに見つめ、少しも目を逸《そ》らさないまま一層激しく腰を動かした。それからわざと私に見えるように女の股に指を這わせその性器を露わに晒《さら》した。

ああ。

女は性器を弄《いじ》られながら遂に堪え切れなくなった様子で大きく痙攣《けいれん》をはじめる。私はこの女がこのまま死ぬのではないかと鼓動が速まった。もしかすると私もこのまま殺されるかもしれない。男は私の瞳の中を覗きこんだまま遂に大きな呻き声をあげた。

あああ。

女は震えながら男の身体に爪を立てていた。そしてその股の間から白い液体が流れ出す。

けれど女は死んだりはしなかった。息を切らしながら頬を紅潮させていた。男の視線に気づいたのか、女はゆっくりと後ろを振り返る。

女の視線と私の視線がぴたりと交わる。私はおしっこを漏らしそうになった。

女は私の瞳を覗きこむ。

「あなたも大人になったらきっとしたらいい。」

それからゆっくりと大きな前歯を突き出すようにして笑って見せた。
「女って、幾つになっても若くて美しいままでいたいものなのよ。まだあなたにはわからないだろうけど。」

○

私は光が丘公園の脇を通り抜け、月を背に成増駅へ向かって歩く。夜の清掃工場の煙突の上には赤いライトが点滅していた。あのライトが飛行機がぶつかって墜落しないためのものだと知ったのは、いつだったか。私の吐き出す白い息は闇の中へ消えてゆく。

途中コンビニエンスストアへ入るが何も買わずに店を出た。自動扉が開いて閉まり、明るい音楽が鳴る。街灯の少ない住宅街を抜け、私は私の部屋へ辿り着く。玄関の電気をつけると正面の窓ガラスに部屋が映って見えた。

ダウンコートをフローリングの床に脱ぎ捨てソファに寝転がる。その脇には缶ビールの空缶やコンビニエンスストアのビニール袋が幾つも散らばったままになっていた。携帯電話が鳴る。電話からは三姉の声が聞こえた。

その声の向こうでは三姉の息子が妖怪の名前を連呼する声が聞こえる。

「宝石。」

宝石?

三姉は声を限りに言った。

「あの宝石、偽物だったなんて信じらんないわ。」

偽物?

三姉曰く、父が死んでから私たち四姉妹に譲り渡された祖母の宝石が偽物だったというのである。なんでも、その査定額を知ろうとデパートの鑑定へ持って行ったところ、事実が判明したのだとか。

「私のだけが偽物なのか、みんな偽物なのか、まったく現金以外は信用ならないってこと。」

私は三姉の声を聞きながら、ストッキングを脱ぎ捨てる。

三姉は喋り続ける。

「いや別に、すぐに売ろうってつもりじゃなかったけど。」

私はそれからブラウスのボタンを外してゆく。暖房の効いていない部屋の空気は張り詰めたように冷たい。

「やっぱりなにかと金だと思うわけ。息子もいまは公立の小学校だからいいけど高校私立行きたいとかいいだしたら金はどうするんだって話よ。おばあちゃんだって、曾孫《ひまご》のためによろしく頼むわってかんじ。」

私は薄暗い寝室の入り口で電気をつけないまま洋服をみんな脱いでゆく。フローリングの床の上に散らばったスカートやブラウスは投げ捨てられたままの雑誌やティッシュに混じって花のように見えた。雑誌の表紙では頰も目元も立体メイクで光り輝く女が笑っている。正面に置かれた鏡の中に全裸になった私自身の姿が映りこむ。

その胸元では宝石が仄かに発光し、その光で私の身体が微かに照らしだされていた。私はそのまま冷たい臭いのするベッドに倒れ込み、布団の中に潜り込む。シーツが私の剝き出しになった肌に纏《まと》わりつく。

携帯電話の向こうで三姉の小さなため息の音が響く。

「どんだけ高いものかと思ってね、家では金庫にしまってたんだから。馬鹿みたい。」

私は目を閉じる。

本物か、偽物か。

憶えておき、正しい見分け方を。

ダイヤモンドにはラジウムをあてるといい。

「それにしてもおばあちゃんが不憫《ふびん》でならないわ。宝石屋の娘がまさか偽物摑《つか》まされたなんて、あんまりよ。知らぬが仏ね。」

電話の向こうで三姉はしばらく沈黙し、それからこらえきれなくなった様子で笑い出す。

「もう仏になってるけどね。」

私も電話の向こうの声につられて小さく笑う。

三姉はそれからぴたりと笑うのをやめて囁《ささや》いた。

「それにあの宝石、なんだか気持ちが悪いの。」

私は目を開ける。

どんな風に？

お姉ちゃんも夢を見た？

それは死者の夢だった？

私がそう尋ねようとしたところで、三姉の息子が泣き出して、話は途中のまま電話は終わりになった。

私は目を閉じて眠ろうとする。

○

あの日もまた、幼い私は白く曇った光が丘の空を見あげていた。けれど、その頃の私はもはや空から飛び降りる人を待つことにも、深く暗い穴の底を覗きこむことにも退屈していて、かといって姉たちのようにＩＭＡへ行く気持ちにもなれなかった。三月だというのにまだ空気は冷たくて、スニーカーの中でつま先が痺《しび》れたようになってゆく感触だけがあった。一月からはまだ二月しか過ぎていないのに時だけは平成になっていた。

「だれかが飛び降りるのを待ってるの？」

男の声に私は後ろを振り返る。

あの男だった。地底の階段の踊り場で女と呻き声をあげていたあの男。明るい場所で見ると、少年みたいな男の格好はますます奇妙で、だぶついたコートの下の引き攣った皮膚は発光こそしているようには見えなかったが、それでもくっきりと浮き出して見えた。

私は驚いて声をあげそうになる。

けれど男は私を制するようにゆっくり唇を開いた。

「ぼくは飛び降りる人見たことあるよ。」

私はしばらく男を睨《にら》みつけたまま黙っていたが、遂に堪え切れなくなって小声で尋ねる。

「その人死んだ？　死体見た？　怖かった？」

男は皮膚を引き攣らせるようにしながら私に向かって微笑んだ。

「羨ましかった。」

男は言った。

「ぼくは死ねないから。」

それから大真面目に男は話を始める。


男が生まれたのは、今からちょうど一〇〇年前のことだという。

ヨーロッパではレントゲンという人物による未知数をあらわすXを冠せられたX線の発見に沸き、日本では三陸に大きな津波がやってきたのは男が七歳の時だった。

男は大きな屋敷に暮らし、何不自由なく育ち、その父はただひとりの後継ぎ息子を何よりも大切にした。

しかし男は一三歳の時、重い病気に罹《かか》り床に臥《ふ》せることになる。

その父は男の命を救おうと、全財産をつぎ込み、持てる限りの宝石を手に国中を馬で駆け巡り、神に仏に祈り、医者に、科学者に、異人の錬金術師に、助けを求めた。しかし、男は刻々と衰弱してゆく一方だった。

そんなある日、「妖精の光」と呼ばれる青白く光る薬が男のもとへもたらされることになる。この薬を飲めばその身体は「石」のようになり、一六〇〇年の年月よりもっとずっと長くこの世に存在し続けてもなお消えることがないだろう。

もはやその頃には、男の家の財産という財産は使い果たされ、使用人もひとりもいなくなっていた。家は傾き、暖炉にくべる薪にさえ事欠く有様だった。しかし男の父は、手元に残った最後のひとつの宝石、石英《せきえい》と交換に、迷わず男にその薬を買い与えたのだった。

すると数日後には男の髪も体毛もみんな抜け始め、ひと月ばかり後には、皮膚も削げ落ち、下から新たに引き攣った皮膚が現れた。それから、彼の身体は内から発光するかの如く輝きだした。

かくして男はその姿を留め、予言のとおり死なない身体を手に入れたのだった。以来、彼は自分の名を石英とした。

けれど私はそんな嘘みたいな話を信じるほどもう子どもじゃない。子ども心に私はそう思った。

それから意地悪な気持ちになって言い返す。

「じゃあ、なんか死なないって証拠見せてよ。」

いつしか死なない男の噂は帝都へまで届いた。彼と交わればどんな病気も、チフスもペストも癌さえ治る。それを聞きつけた女たちは遥々《はるばる》彼の元を訪れて、股を開き、彼の上に跨った。そうするうちに彼の家の周りには市《いち》がたち、土産物が売られるようになり、遂には偽物の死なない男たちを並べた店まで現れた。商売人たちは、交われば病気が治るだけでなく、美しさや若さも保て、そう、まるで月の光のように輝く肌を手に入れられるのだと謳《うた》ってまわった。

しかしそのうち戦争がはじまり、彼は何度か捕らえられた。しかし彼は、命を欲する女たちの手で助けられ、女たちと密かに交わり続けた。以来戦争が終わってからも、ずっとその身を隠したまま秘密裏に暮らしている。けれど、彼の元には今でも病気を治して欲しい、若さを美しさを失いたくないと訪れる女たちが後を絶たない。彼はそんな女たちとあの地下で交わっている。


それから石英は光が丘の空を指差す。

「いま目の前であそこから飛び降りて見せてほしい？」

私はその指先を辿るように空を見あげる。石英はその私の頬を撫《な》でた。そしてそのまま私の顔に覆いかぶさるようにして唇を吸った。

「きみに命一年分あげた。」

私と石英の唇がゆっくりと離れてゆき、吐く息は交わりながら白く立ち昇る。私は石英の瞳の中を覗きこむ。そこにはやっぱり睫毛がなく、その瞳は透明だった。

「嘘ばっか。」

私はその瞳を、引き攣って輝く皮膚の模様を、美しいと思った。

「それにそんなんじゃ駄目。」

一年なんかじゃ駄目。一年命がのびるくらいじゃ、ちっとも足りない。

私はもっともっと長く生きたい。死ななくなりたい。

だってもし私が今死んだら、きっとすぐに忘れ去られてしまうから。

学校がはじまると私はすぐに図書室へ行って鉱石図鑑を手に取った。石英の作り話など信じる気持ちは微塵《みじん》もなかったが、ページを繰って石英という項目を探した。

そこにあった石英という名前の石の写真は漆黒の闇のような背景の前で、美しかった。透明なそれが水晶と呼ばれることを私は初めて知った。六角形の柱のように結晶するそれは、石英の引き攣った皮膚を思い出させた。

水晶。クオーツ。

水晶に交流電圧をかけると共振が起きる。周波数精度の高い発振を起こす水晶。一〇〇年ばかり前、科学者ピエール・キュリーらによって発見されたそれは、時計の中で、時を刻み続ける。

私はどうしてこんなにも心の奥底であの男を、石英を、本物だと信じたいのだろう。その話が、存在が、全てが、嘘なんかではなく、みんな本当で、石英は決して死ななくて、一〇〇〇年よりももっと先の未来まで生きるだろうと。未来からきっと私のことを思い出して欲しいから？

本物と偽物の違いはいったい何だろう。

しかしいずれにしても、一〇〇〇年後の未来には、本物も偽物も、私もみんなもなくなって、全ては伝説になってしまうのだろうか。

私はゆっくりとベッドへ潜り込む。瞼を閉じる。夢を待つ。死者の夢を。彼女の夢を。

3

彼女は湯に映りこむ光を、ささくれた長い指先でかき混ぜる。

戦争が激しくなってからは風呂になど入れることも稀《まれ》だったし、彼女とてこんなに贅沢な湯に浸かることができるだなんて幸運極まりないことだとは知っていた。列に長いこと並ばされたうえに湯は混み合っていたし盥は取り合いだったし澱《よど》んでいたが、事実すっかり裸になって湯に浸かるのは気持ちがよかった。とはいえやっぱり溜息を吐かずにはいられない。確かに、舶来の赤箱石鹼のかわりに奇妙な匂いのする洗濯石鹼で顔を洗わなくてはならなくなったのにも、千人針の腹帯に五銭や十銭を縫いつけるのにも、ほとほとうんざりではあった。しかし、理由はそれだけではない。

金沢へやってきてほどなくして、彼女の大切なひとり息子は床に臥せった。レントゲン写真を撮ってみても薬を与えても、症状は日に日に悪くなる一方だった。そうして遂にその死も近いと医者に宣告された時、彼女は遥々訪ねてきた彼女の母から、どんな病をも治すという泉の話を聞いた。三河の宝石屋に宝石はもはやひとつも残っていなかったが、母の気丈さだけは健在だった。

「大正の頃にはラジウム温泉行きの臨時汽車が出たほどさ。みんなこぞってラジウム泉へ浸かったものよ。チフスもペストも癌だって治るってね。ラジウム煎餅を土産に貰ったものよ。だからラジウムでお肌も若く美しくピカピカってわけさ。」

彼女は彼女の母の話を聞きながら、その奥歯に金が光るのに見惚れていた。万一にも本当にそんなラジウム泉が実在するのなら、金輪際一人だって死にやしなかろうに。そんな迷信じみた作り話、彼女は決して信じようとはしなかった。しかし、彼女は紀元二千六百年記念祭の新聞記事を思い出す。東京の軍人会館では偉い科学者が「放射性人間」を作るという公開実験を行ったという。その時、男に飲ませたのは人工ラジウムだったとか。そこで彼女は密かに隠し持っていた最後のひとつの宝石を闇で交換し、電車に息子を乗せてかのラジウム泉というところへ連れて行ったのだった。

するとどうだろう。それからひと月もしないうちに、どうしたわけか息子の病は癒えたのだった。

「命に比べたら、宝石なんて安いもの。いくらだってくれてやるわ。」

彼女は威勢良くそう独りごちた。けれど、もうただのひとつさえ宝石は残っていなかった。

床から這い出た息子の姿に彼女は狂喜した。

その上、息子は熱心に勉学に励み、かの四高《しこう》の試験にも合格したのである。息子が四稜の北極星が光る学生帽を目深《まぶか》にかぶり、黒いマントをはためかせ金沢の街を闊歩する姿を想像しては、彼女は実に誇らしい気持ちになった。

しかし息子はその学生帽なぞかぶるよりも前に、まんまと学徒動員されたのである。行き先は富山県井波の飛行機工場。その息子はといえば、嬉々として荷物をまとめ、こともあろうに新聞紙に健兒學徒特攻隊一番乗！　などと書きつけている。

その上、彼女の夫は一度金沢に戻ったものの、遺書までしたため平安丸に乗ってパプアニューギニア、ニューブリテン島のラバウルへ出征して行った。

「こんなことになるのなら宝石なんかと交換に、怪しげな湯なんかに浸けなければよかった。」

飛行機工場だなんていつ爆撃されるやらわからない。昨今ではすっかり慣れっこになってしまった空襲警報ではあったが、それでもあのサイレンの音を聞くたびぎくりとする。どうせ死ぬならどこやらの飛行機工場なんかより家の床の方がずっと良かろうに。

ところでいったいいつになったら日本の凄い新爆弾というやつは、できるのだろうか。マッチ箱一個でロンドンだかニューヨークだかの街をみんな潰滅できるほど素晴らしく強力な爆弾。そういえば四高出身の何やらいう有名な科学者の男も、それを造る研究に加わっているらしいと噂に聞いた。はやく故郷に錦を飾って欲しいというものだ。

かの夢の爆弾の投下予定地はサイパン。日本があのサイパンをアメリカから取り返せば、もう飛行機は本土まで飛んでこられなくなるから、空襲もなくなるらしい。そうすれば、もう、私たちはみな、空襲に怯えなくてすむし、死ななくてもすむのだ。


彼女は裸の身体を、その大きな胸を湯の中で揺らす。それからその小さい乳首を見つめ、はっとする。かつて読んだ「主婦之友」の乳房で判る婦人の運勢というやつに、乳首が小さいのは、その子供の運命を弱くします、とあったのだ。

「とんだ失敗をしたものだわ。」

彼女はゆっくりと湯からあがる。火照《ほて》った裸の身体には、もうどこにも宝石はなかったがその乳房からは湯が玉のように滴っていた。

彼女はこちらをゆっくりと振り返る。彼女の視線と私の視線がぴたりと交わる。

目が覚めた。

○

目を開けると私は灰色のタイルカーペットが敷きつめられている部屋にいた。壁には携帯電話今なら0円のポスターが何枚も貼られている。目の前にはパソコンが置かれていて、画面にはスクリーンセーバーの虹色の模様が動き回っている。その前で携帯電話が振動していた。携帯電話の中にも水晶が入っているのだと私はそれを見つめる。

携帯電話の向こうからは長姉の声が聞こえた。

「ママ、死んじゃったらどうしよう。」

長姉の声の向こうには駅のアナウンスと電車の音が聞こえる。

「こないだね、池袋でママに会ったんだけれど様子が変だったの。それにね、最近変な夢見るとかいうのよ、心配だわ。」

私は動き回る虹色を見つめ続ける。

長姉はそのまま捲《まく》したてるように喋り続ける。背後のざわめきが時折その声を呑み込んで掻き消す。

「わたしおばあちゃんのこと思い出しちゃうの。」

おばあちゃん？

「パパの富美代おばあちゃん。ほら宝石屋の。あなたまだ生まれてなかったけど、わたし憶えてるのよ。」

長姉曰く、祖母は死ぬ間際、突然奇妙な夢の話をはじめたという。それを不審に思った父が遥々東京から駆けつけた時には、もうすっかり癌が進行していて手遅れだった。

「おばあちゃん、夢の中で四人目の孫に会ったのっていっていて、わたし恐かったもの。」

四人目の孫。つまり私？

私は口にしようとしたけれど長姉は続けて言う。

「まあ夢の話はどうでもいいのよ、とにかく、ママ、癌が再発したとかそんなことだったらどうしようって、わたしは心配で、今日もずっと落ち着かなくって仕方ないのよ。」

長姉はそれだけ吐き出すように言い終えると、最後に申し訳程度につけくわえた。

「万一よ、万一だとは思うのよ。」

その向こうで電車の発車音楽が響いて聞こえた。


私がそのままパソコンの前でぼんやりしていると、化粧ポーチを手にした女子二人がデスクの向こうを通り過ぎてゆく。睫毛にラメを入れている方の女が立ち止まってこちらを振り返り小さな声で言う。

「でもあれ、本物かな、偽物かな。」

スクリーンセーバーの虹色の模様がぱっと消え去り、デスクトップ画面が現れる。私はその場に凍りついたまま動けなくなる。しかし、その女の視線は私を通り越した向こうの男に向けられているのだと気づく。

もう片方の女が鼻で笑う。

二人の視線の先には不自然なほどに黒々とした髪があった。

「偽物でしょ。あんたの胸と同じでね。」

○

かつて私たち四人姉妹が自転車で走り抜けた道を、今、次姉が運転する車で進んでいる。長姉の提案により、私たちは揃って予定をあわせ、母の様子を見に行くことになったのだった。

カーラジオからは、昨日は東日本大震災からちょうど五年でしたねという会話が流れていた。そう、それに一昨日は、東京大空襲の日でもあったんですね。

正面には光が丘の清掃工場の白い煙突が聳《そび》えて見える。ラジオの向こうで音楽が始まる。

――曲はテイラー・スウィフト、アルバム「1989」より、「ウェルカム・トゥ・ニューヨーク」。

一九八九、テイラーが生まれた年。昭和天皇が死んだ年。私が石英に会った年。あれからもう二七年もの年月が経っているのだ。


三姉はバレッタで髪を留め直しながら言う。

「それにしてもおばあちゃんの宝石にはがっかり。」

ハンドルを握る次姉はそれを聞いて吹き出しながらからかう。

「なにしろこないだまで金庫に入れてたんだしね。」

長姉は助手席から後ろを振り返る。

「鑑定なんかするのがいけないわ。本物かもって思ってれば夢があるわ。」

三姉が口を尖らせる。

「だったら、宝石、つければいいのに。」

「だめよ、だってわたし金属アレルギーだもの。」

長姉はきっぱり言う。

次姉はふんと鼻を鳴らして言う。

「あたしは仕事柄無理だし。うちの店アクセサリーも扱いあるし。」

三姉は不服そうに酔い止めのキャンディーを噛《か》んで黙った。

車はずっと真っ直ぐに進んでゆく。窓の向こうにはまだ芽吹いていない街路樹と、公園の地面に広がる茶色いままの芝生が見えた。

その向こうにＩＭＡの看板が現れたのを見た次姉が口を開いた。

「そういえば思い出したんだ。ほら、あの温泉で話してたこと。」

次姉曰く、かつて光が丘ＩＭＡの周辺に変質者が出没するという事件があったという。注意を喚起するプリントが学校でも配布された。そこに書かれていた変質者の特徴というのが、例の死なない男と実に良く似ており、恐らくは同一人物だったのではなかろうか。

「おれとエッチをすればどんな病気も治るし、若く美しくなるっていうのが、誘い出す常套句だったんだって。超変態。」

長姉はすぐさまその話に目を輝かせた。

「でしょう！　やっぱり本当だったでしょう！」

次姉は続ける。

「それにしても、みんなよくもまあ、そんなしょうもない嘘、あっさり騙《だま》されるね。だって、冗談でしょ？　って感じじゃない。エッチしたら病気治るとか、若くなるとか、美しくなるとか。」

長姉は皮肉混じりの声で言う。

「ママが癌になった時に癌が治るとかいう怪しいサプリ買ってきたのは誰だったかしらね。」

次姉は憤慨して声をあげる。

「そんなもんと一緒にしないで。サプリは効くし。あれで治ったかもだし。」

三姉だけはずっと怪訝そうに黙っていたが、そこでシートベルトを緩めて身を乗り出した。

「ねえ、なんだかよくわかんないけど、その男の人とヤると本当に若く美しくなれるの？」

車は笹目通りを越える。ところどころに大根畑の黒々とした土が見えてくる。しかし、かつて畑だった場所の幾つかには、また新築の建売住宅が建っていた。通り沿いに新しくできたコンビニエンスストアの前の信号で、ゆっくり車は停車する。

次姉は片手でハンドルを握ったまま、バックミラー越しに後ろを見つめる。

「若く美しくなれたらどうする？　あんたその男とヤる？」

○

かつて私たちが幼い頃過ごした家は、相変わらず今にも傾きそうな木造のボロ屋であることに変わりはなかった。玄関を開けると白猫が飛んで出てきた。家の中は微かに黴《かび》臭く、隙間風のせいでしんと冷えきっている。ただ、以前はあれほど雑然としていた玄関が恐ろしく片付いていることに、私たちは顔を見合わせた。

次姉が呟く。

「こりゃまずい。」

長姉が追いかけるように小声で続ける。

「ママ、遂に終活はじめたのかもしれないわね。」

三姉が玄関に並べられたスリッパを履きながら不思議そうに尋ねる。

「シュウカツ？」

次姉が面倒そうに三姉を諭す。

「あんた知らないの？　最近、婚活とかそういうのの流れで終活って流行ってんの。死ぬ前に墓買ったり、身辺整理したり、遺言書作ったり。」

白猫は私たちのそんな話をよそに発情しているのか、姉たちの足にまとわりついては腰をくねらせている。

そうしたところで当の母が、台所の奥から現れた。開け放たれた扉の向こうからガスヒーターの匂いと温風が流れ出てくる。

一見したところ母の姿は、窶《やつ》れた風もない。寧《むし》ろ丸々と肥え太った様子で、少なくとも癌の末期であるようには見えなかったうえに、全く上機嫌そのものであった。

「ケーキ買っといた。」

台所の隅には小さな仏壇が置かれてあり、私たちは交互にその前で手を合わせる。仏壇の中には親族の写真が幾つも並び、その中央には黒いプラスティック製の額縁に入れられた父の白黒写真が飾られていた。そしてその隣には祖母の富美代の白黒写真があった。父よりも祖母が死んだ年の方がずっと若かったので、写真の中の姿だけを比べると、まるで兄妹のように見える。

いつか、私や母や姉たちがその年を追い越し、写真の中で、祖母も父も母も娘もなくなり、兄弟姉妹のようになる時がやってくるのかもしれない。姉たちが金色の鈴《りん》を鳴らし線香をあげてゆく。

「こりゃまずい。」

次姉は再び小さくそう口にした。鈴の脇には菊の花が飾られ白米と茶まで供えられていたからだ。そんなのこれまで見たことがない。線香の先が赤く灯り白く細い煙が立ち昇る。

母が買っていたケーキはかつてクリスマスの時に食べたようなホールケーキではなく、あらかじめカットされているショートケーキだったので、私たちはもう、苺を巡って争うこともなかった。母はインスタントコーヒーを淹れ、それを不揃いのカップで私たちに配った。それから母はテーブルの一番奥の席に腰掛けると、勢いよくフォークでショートケーキを突き刺した。

「ちょうど話したいことあったのよ。」

遂に来たと私たちは身構える。しかし、それから母はケーキの刺さったフォークを握りしめたまま突然口ごもったので、長い沈黙が訪れた。私たちの目の前に置かれたマグカップからは白い湯気が立ち昇る。

堪えきれなくなった長姉が言う。

「ママ、わたしたちには隠さず何でも教えてね。」

次姉が畳み掛ける。

「そうよ、いきなりぽっくり逝かれたりすると、こっちも色々困るから。」

母は娘たちの反応に驚いた様子でフォークを握りしめたままの手を振ったので、その先からケーキのクリームがぼたりと床に落ちた。

「いや……」

すかさず白猫がやってきて床に落ちたクリームを舐《な》めている。

「死なないわよ。あたし好きな人ができたんです。」

母はきっぱり言った。

母曰く、父の介護に来てくれていたヘルパーの男が、父が死んだ後も甲斐甲斐《かいがい》しく訪ねてきては、片付けから買い物まで助けてくれているという。そしてどうやらその男は母に気があるらしく、母もそれがまんざらでもない、ということらしかった。

母は頬を赤らめる。

「ちょっと年下なんだけどね。」

それから照れ臭そうに続ける。

「彼の紹介でフラダンスも始めることになって。彼の妹が、ほら、常磐ハワイアンセンター、今はなんていうんだっけスパリゾートハワイアンズ？　あそこの近くに住んでたもんだから、昔からフラやってたらしくて、やっぱり若いうちからやってると違うわよね。」

それから母はつけ加えるように言うのだった。

「ほらみんなで去年の秋、温泉行ったじゃない。それがね、彼のお父さん、その町、石川の出身だったんだって。あれは呼ばれていたのかもしれないわ。」

私たち姉妹は顔を見合わせる。

呼ばれるっていったい誰に？　と次姉は呟いていたが、母は返事をしなかった。いずれにしても母の癌が再発したという話よりはずっとましな話ではあった。

聞けばその男は実にまめだそうで、仏壇用の花を持って現れては線香をあげ、白米や茶まで供えて帰って行くという。そうしてようやく私たちは全てを了解したのだった。しかしその時には、一つ多いインスタントコーヒーはもはやすっかり冷めきっていた。それから長姉が口を開いた。

「カップが一つ多いわ、ママ。」

母はそれにも返事をせずただ立ち上がると換気扇の下で煙草をくわえ、プラスティックのライターで火をつけた。やっぱりその指には幾つもの宝石が輝いていて、その指輪は指からは当分抜けそうにないのだった。

母の唇からゆっくりと白い煙が立ち昇る。

「そりゃパパは良い人だったわよ。でも、あたしは今生きてるしこれからまだ何十年か生きるわけだから。」

その胸元には宝石があり仄かに発光しているように見えた。

○

私が子どもの頃に使っていた部屋は階段を上がった突きあたりにあった。その部屋だけはかつてのままになっていて、家具にはみんな白いシーツがかけられていた。三人の姉たちはそれぞれの家へ帰って行ったが、私だけはその日一晩実家に泊まってゆくことにした。部屋の隅にはソファベッドだけが置かれてあり、私はひとりそこで眠る。天井を見あげると、その木目模様だけはかつてと変わっていなかった。それを視線で辿りながら時間を遡る。


「死んだ人間も動物もみんなこの地底の『黄泉の国』にいるんだ。」

「そこでは食べ物を口にしたら身体に蛆が湧く。」

「万一後ろを振り返ったら、石になってしまう。」

姉たちは口々にそう言った。

幼い私はその手にひとつの宝石を握りしめたまま、工事中の地下へ続く階段を一段一段降りていた。

死ぬくらいなら、いっそ石になってしまった方がずっといい。

その頃の私は真剣にそう思っていた。

そこがたとえ「黄泉の国」でも、どこでも、私はきっとすすんで後ろを振り返ろう。

石英はその地下の踊り場で私を待っていた。薄暗い中でやっぱり石英の引き攣れた皮膚は仄かに発光して見えた。

「きみがいつか年をとって死んだら石になるようにしてあげる。」

私は約束どおり宝石をひとつ石英に手渡す。それは父が私にくれた誕生石だ。

石英はその小さく眩い手で、私の宝石を受け取った。

「石は決して死んだりしないし、何もかもを決して忘れたりしない。ずっとずっとその人が生きたことも日々の些細なことも何もかもを憶えたままでいるから。」

私は石英の瞳の中を覗きこむ。そこにはやっぱり睫毛はなく、透明な瞳があって、私はそれを美しいと思った。

「一〇〇年後にも一〇〇〇年後にも？」

「一〇〇〇〇年後にも。」

「もしもよ、私が石になれたら、その石が私を憶えていてくれるってことね。」

私はテレビで見た大喪の礼の長い黒い車の列を思い出す。雨の中を車はゆっくりと進んでゆく。世界中から政治家や有名な人たちがその儀式に参加するために集まっていた。私はまたひとり、その盛大な儀式が本当は二軒隣の死んだ女を悼むためのものだと空想しながら車の数を数える。

「私が偉くなれなくても？」

「偉くなれなくても。」

石英は深く頷《うなず》いた。

「私が大事な人になれなくても？」

「大事な人になれなくても。」

私はその言葉を聞いて心から安堵《あんど》した。

大事じゃない人なんてひとりもいない、それぞれはみんな大事だからなどと、石英がまやかしをいわずにいてくれたことが私は嬉しかった。

ああ、私はこのままでいいんだ。私は偉くなれなくても、本物になれなくても、何者にもなれなくても、このままでも無意味なんかじゃない、憶えていてもらえる存在になれるんだ。

「ゆびきりげんまんして。絶対の約束。嘘ついたら針千本のますだよ。」

私は石英と小指を絡ませる。石英の指は細くざらざらしていたけれど眩くて、私はこのままずっとその指を絡ませていたかった。

「指切った！」

ゆっくり私と石英の小指が離れてゆく。

「針千本のんだら死ぬけど、石英は死なないから、意味ないね。」

私は冗談を言って笑い転げた。石英は発光する皮膚を引き攣らせて笑う。そしてそのまま石英は私の唇を何度も吸った。私の身体が石英の放つ光に照らされてゆく。私はあの女がしていたみたいに、その唇に、舌にゆっくりと私の舌を絡ませてみる。

ところで父から貰ったはずの宝石はいったいどこへいってしまったのだろう。

○

目を閉じても私は眠れなかった。結局ベッドから抜け出し階下へ降りて行った。胸元につけたままの宝石が階段を降りるたびに小さく震えて揺れる。ガスヒーターをつける。どこからか白猫がやってきて私の足元で喉を鳴らした。私は、仏壇の前に腰かけ、その脇の棚に積まれている何冊かの本を開く。

それはかの猫啼温泉、石川の地域史の本だった。甲斐甲斐しくまめな母の恋人が、母のために届けたのか母があの旅行の時に買ったのだったか。ページを繰ると「石川の希元素鉱物と『ニ号研究』」「珍しい鉱石」などという文字が並ぶ。

どうやら石川の地からは、放射性の鉱石を含む珍しい鉱石が採れるということらしかった。確かにラジウム泉も湧いていたし、旅館には歴史民俗資料館の鉱物紹介コーナーのパンフレットもあった。

しかし『ニ号研究』とは何だったか。

科学者仁科芳雄の名を冠した、第二次世界大戦中、極秘で行われたウラン爆弾、つまり原子爆弾の開発研究のことだった。


一九四一年、大日本帝国陸軍からの要請で、その爆弾を開発するための極秘研究がはじまった。

そのウラン爆弾に必要なウラン２３５は約10kg。

ウラン２３５の探索が進められる。朝鮮半島からマレー半島まで、侵略するごとにその地面は掘り返され、その地底から石が運びだされた。

しかし、10 kgのウラン235はなかなか手に入らない。ナチス・ドイツからも海底を進む潜水艦Uボートでウラン235は運びだされたが、作戦は失敗。

そうして遂に国内でウランを調達すべく研究が進められることになる。ウラン鉱石の採掘から精錬までを担当するのは金沢四高出身の科学者、飯盛里安。かねてから飯盛博士が鉱石の採集と研究を続けていた福島県石川の地、その地底に眠る放射性の鉱石に白羽の矢が立てられた。

折しも東京大空襲後も続く空襲で、東京駒込の研究所も、疎開を余儀なくされ、石川の地へやってくる。学徒たちはかたや飛行場の滑走路をつくり、かたやダイナマイトとモッコをその手に深く地底へ向けて地面を掘りおこすことになる。

私が本を読んでいるところに、母が起きてきた。母はいやだガスヒーターつけたままだったとひとりごとのように言いながら本へ目をやる。

「日本も原爆造ろうとしてたのに成功するより先に、二つも原爆落とされるなんて皮肉なものね。」

それから換気扇を回し、煙草をくわえて火をつける。

「まあ、せめて日本は原爆造りに失敗して成功だったんじゃないかしら。」

憶えておおき、正しい見分け方を。

私は彼女に向かって問いかける。

失敗か成功かは、いったいどうしたら見分けられる？

煙草の白い煙は換気扇へ向かってゆっくりと立ち昇り、その中へ吸い込まれて消えてゆく。

白猫が私の足元で大きく啼いた。

母は本を取り上げると、指輪が幾つも嵌まった指でページを素早く繰ってゆく。そしてひとつの写真のところで手をとめる。

「あたし最近、夢に見るのよ。」

そこには色とりどりの宝石の写真が並んでいた。

誰の夢？　死者の夢？

パパの夢？

私はそう尋ねようとしてはっとする。

その写真にある宝石たちは、私たちが祖母から譲り受けた宝石に実に良く似ていた。

そしてそこにはこう書かれてあった。

敗戦後の日本、ＧＨＱ占領下では、原子爆弾開発は勿論のこと、放射能にまつわる研究も全て禁止された。そのため、大戦中「ニ号研究」としてウラン採掘・精錬の研究を担当していた飯盛博士もまた、敗戦とともにその研究を続けることは困難になった。

そこで博士は、疎開先の福島県石川にて、その地で採れる放射性の鉱石などを用いた人工宝石造りの研究を手がけることになる。

そして長年の研究の末、色とりどりの人工翡翠ビクトリア・ストン、ガンマ・ジルコン、サンダイヤ、合成キャッツ・アイなどを造ることに成功する。

結局のところ、原子爆弾を造ることは叶わなかったが、かわりに数々の光を放つ人工宝石が生まれたのであった。

母がくわえる煙草の先端から、灰が崩れ落下してゆく。

「ねえ、宝石が死んでしまった誰かの生を憶えてて、夢で見せてくれるってこと、あるかしら。」

彼女は鏡の中を覗きこむ。その胸元にはかつてのように大きな宝石があった。しかし彼女はうっとりするかわりにはっとした。

4

戦争は終わった。息子は飛行機工場へ学徒動員されたが、死にはしなかった。なぜならその飛行機工場が空襲されるより前に、広島と長崎に原子爆弾が落とされ、日本は敗戦を迎えたから。

ただその原子爆弾というやつのひとつが、まさか噂に聞いたかの夢の爆弾、サイパンに落とされる予定だったが完成することなく終わった、あのウラン爆弾だったとは、彼女は知る由もない。

玉音放送がラジオから流れる。神と等しい昭和天皇の声を彼女は聞く。とはいえ電波が途切れ途切れだったせいで、一体全体何を話しているのか彼女にはうまく理解できなかったが。

陸軍軍医をやっていた夫は公職追放で失業し、三河の宝石屋は潰れてすっかり没落し、ＧＨＱがやってきて天皇は神から人間になったが、彼女だけは宝石屋の娘であり続けた。その手元にはもはや宝石などただのひとつもなかったけれど。

彼女はどんなに腹が減っていても、すいとんよりも、チョコレートよりも、何よりも宝石を欲しいと思った。

失った宝石を、過去を、ひとつ残らず取り戻したかった。


そうしてようやく彼女がふたたび宝石を手に入れることになるのは、戦後ずいぶん経ってからのことである。果たして彼女がいったいいつどこのデパートだか店だかで、いったい幾らでそれを手に入れたのかは誰も知らなかったが、それはかつて彼女の胸元に輝いたのと同じく大きな宝石であることには違いなかった。ただその宝石は、光をあびて輝くのではなくその内から光を放っているように、彼女には見えたのだった。

しかし、その胸で宝石が光を放つ頃には、息子も家を出て結婚をし、三人の子どもさえもうけていて、彼女の癌もはや末期だった。ところで彼女の夫は再び町医者として開業していたが、我が妻の病気というのは見分けられないものらしい。

すっかり痩せた彼女は鏡の前でこちらをゆっくり振り返る。彼女の視線と私の視線がぴたりと交わる。

○

目を開けると私は駅にいた。けれど、それは地下鉄大江戸線の駅ではない。私の知らないその駅の駅舎は木造でまだ真新しい。愛知電氣鐵道株式會社の文字がある。電気照明で明るく光輝くマッチ箱型の電車がプラットホームへ滑り込む。着物を着た男女が電車から傘を手に降りてくる。男が脇に抱えた新聞に記されている元号はまだ大正だ。電車は再び動きだし過ぎ去ってゆく。

私はひとり口の中で呟く。

この地面の下がずっと遠くの場所と繋がっているんでしょう。すごくない？

そしてそこに私が見たのは石英の姿だった。石英はやはり少年みたいな格好で、その肌はやはり薄闇の中で仄かに発光していた。ただ、石英が着ていたのはだぶついたコートではなく大きすぎる絣《かすり》の着物であった。

石英はひとりの少女を待っていた。

暗闇の中から洋服姿で胸元に宝石をつけたひとりの少女が現れる。私は彼女を知っている。彼女はまだ幼い富美代だ。彼女は黒い牛革のストラップシューズを履いている。

「きみがいつか年をとって死んだら石になるようにしてあげる。」

彼女は約束どおり持っている宝石をひとつ石英に手渡す。それは彼女の父がくれた誕生石だ。

石英は小さな眩い手で彼女の宝石を受け取った。

「石は決して死んだりしないし、何もかもを決して忘れたりしない。ずっとずっとその人が生きたことも日々の些細なことも何もかもを憶えたままでいるから。」

彼女は石英の瞳の中を覗きこむ。そこにはやっぱり睫毛はなく、透明な瞳がある。

「一〇〇年後にも一〇〇〇年後にも？」

「一〇〇〇〇年後にも。」

「もしもよ、私が石になれたら、その石が私を憶えていてくれるってことね。」

彼女は彼女の家に飾られている記念絵葉書――花飾りがあしらわれた帽子にワンピースドレス姿の皇太子妃と、勲章を胸にふんだんにつけた立ち襟の正装に身を包んだ姿の皇太子、後の昭和天皇――のことを思う。関東大震災のために延期され、つい先日執り行われたばかりの結婚の儀のものである。あたりは祝賀ムードに包まれていた。帝都東京は復興へ向かう。しかし、彼女が空想する帝都の深い地底、その井戸の底には、震災の中で殺され投げ込まれたまま誰にも発見されることのない死体があった。

「私が偉くなれなくても?」

「偉くなれなくても。」

石英は深く頷いた。

「私が大事な人になれなくても?」

「大事な人になれなくても。」

彼女はその言葉を聞いて、ぱっと顔を輝かせる。

「ゆびきりげんまんして。絶対の約束。嘘ついたら針千本のますよ。」

彼女は石英と小指を絡ませる。

「指切った!」

ゆっくり石英と彼女の小指が離れてゆく。

「針千本のんだら死ぬけど、石英は死なないから、意味ないわね。」

彼女はゆっくり振り返る。彼女の視線と私の視線がぴたりと交わる。

○

彼女は彼女の宝石たちを、東京から遥々駆けつけてきた息子にみんな手渡した。

「この宝石は私が死んだら、あなたの娘たちに与えてちょうだい。」

息子は大きな手で宝石たちを受け取った。

しかしそうした彼女の指には、もう指輪はひとつも嵌まっていなかった。なぜなら痩せ過ぎて指輪はみんな抜けてしまったから。

彼女は床に臥せったまま息子の姿を見る。息子の髪はずいぶん後ろまで禿げ上がりはじめている。もはやかつての面影はなかったし、今や床に臥せっているのは息子ではなく彼女の方だった。

息子の背後では息子の三人の娘たちが小さく固まったまま、遠巻きに彼女を見つめ、じっと押し黙っていた。しかしそこには息子の妻はいなかった。その頃、息子の妻は四人目の子どもを孕《はら》んでいてちょうど臨月だったからである。

彼女は唇を微かに動かす。

「憶えておき。」

彼女はそれから沈黙した。そしてそのまま眠り始めた。

彼女の息子は果たして彼女が一体全体何を憶えておくべきだと言いたかったのか全くわからなかった。ただ、彼女から手渡された宝石を握る息子の手の指には、眩く光る指輪がいくつも嵌められていた。

それからずっと後に私は知ることになる。

彼女は恐らく何もかもを知っていたのだ。

どんな努力も失敗と敗北に終わることがあるということを。過去の失われてしまったものは決して取り戻すことができないことを。しかしその底から、光を放つ宝石が生みだされることがあることを。

わたしは宝石屋の娘なんだ。この目は決して曇っちゃいないわ。

彼女は燐光を放つ宝石を手に金を投げつけながら啖呵《たんか》を切る。

あんたはそれでも本当に本物ってやつをわかっているつもりかい？

かつて飯盛博士の手によって造られたその人工宝石は、大量生産され百貨店などに出まわった。しかし宝石は天然であることばかりが珍重されて人工宝石は受け入れられず、一九九〇年代に生産は中止、今では製造技術を正確に知る者もない。

けれど彼女は、そんな人工宝石こそを、手に入れたいと欲したのだ。

私は死にゆく彼女のベッドの枕元に立っていた。

これからわたしが宝石になるところをよおく見ておき。

彼女は死んだ。六七歳だった。

私は彼女の瞳の中を覗きこむ。けれど私と彼女の視線は、もう交わらない。

死ぬということは、その視線が交わる可能性が、完全に失われるのだということを、私ははじめて理解する。

○

彼女は白装束を着せられ、その胸元には三途《さんず》の川を渡るための金を持たされ、棺桶の中に納められた。それから坊さんがやってきて経を唱え、彼女は棺桶ごと火葬場で焼かれた。

正月はまだ明けたばかりだったが雲は重く垂れこめ時折雪が混ざる小雨が降っていた。

空を見あげる。そこには煙突が伸びていた。人間の身体は燃えて黒い煙になって立ち昇る。

葬儀屋の男が白い手袋をつけ長い箸と骨壺を持って現れ、続いて彼女の焼かれた骨が運び込まれた。私はそれを見て思わず声をあげた。

なぜならその骨の真ん中には、小さなダイヤモンドが光っていたから。

人間の骨というのはダイヤモンドの成分と同じく炭素でできているので、ごく稀に圧力の具合でこんな風な石ができることもあるのだと、葬儀屋の男は少しも驚く様子はなかった。

彼女の息子と彼女の姉がふたり一緒に長い箸でその石をつまみ骨壺の中へ入れた。息子の三人の娘たちはそれをじっと見ていた。

それから目が覚める。

○

私はＩＭＡの前に立っていた。春だった。

四月も十余日を過ぎた東京でも、和泉式部が生きた一〇〇〇年ばかり前と変わらず木々の下の影は日に日に闇のように色濃くなってゆく。夢よりもはかなき世の中を歎きわびつつ明かし暮らすほどに。

私は地下鉄大江戸線の階段を一段一段降りてゆく。階段を上ってゆく人たちとすれちがう。一人、二人、三人。踊り場を過ぎ、人がいない薄暗い通路を歩き、改札を抜ける。そこからさらに深い地下へと向かう。

駅のアナウンスと電車の発車音楽が響いている。プラットホームにはマゼンタ色のラインをつけたまだ新しい車両が停車していた。乗客は殆ど乗っていない。

私はそこへ乗りこむ。地底から吹きあげる風で髪が舞いあがる。それと同時に男の声を聞いた。

「だれかが飛び降りるのを待ってるの?」

ゆっくりと電車は走りだす。扉のガラス窓の向こうで景色は後ろに流れるように消えてゆき、その闇の向こうに私自身の姿が映りこんでいた。その胸元では宝石が仄かに発光している。

それから私はゆっくりと後ろを振り返る。

シー

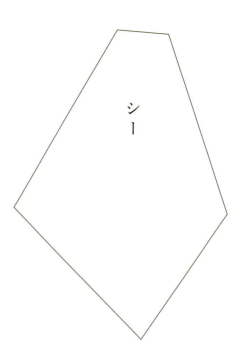

彼女が六〇歳を過ぎて夫を失ったのは三年ばかり前のことだった。それは実際数年にわたる介護の末のことだったが、旦那の下の世話なんてもううんざりだしせいせいした、と彼女は葬式の日に笑って見せたので、二人の娘たちは心から彼女のことを心配した。気丈に振舞う彼女に友人たちは、孫のひとりでも生まれれば、きっと何もかもを忘れられるわ、と慰めの言葉をかけたが、しかし実際上の娘に女の子どもが生まれたところで、それほど彼女の心は晴れはしなかった。

そんな彼女が車の事故で死んだのは先月のことだった。上の娘が子どもを抱えたまま病院へ駆けつけた時にはまだかすかに意識があったが、下の娘が到着するより前に彼女は死んだ。

ところで彼女が乗っていたのは二人の娘たちも知らない男の車だったことが、皆を驚かせた。そのうえ彼女の遺体からは血よりも噎《む》せ返るような安っぽい香水の匂いがして、葬式の会場中がその匂いに満たされ続けたのだった。

○

定子《さだこ》はゆっくりと瞬きをする。目を開けても閉じてもあたりは暗闇だ。闇の中では、数分が何十年のようにも何十年が数分のようにも感じられる。どれほどの時間が経ったのか、うまく思い出せない。

あの喫茶店の光景は、隅々まではっきりと思い出すことができるのに。そう、壁の染み、それからあの薬を飲む時の結露したグラスの水滴まで、くっきりと。

ミニスカートの裾を引きずり下ろす定子の目の前で山田《やまだ》と名乗る男は、あらかじめメールで伝えていた説明を馬鹿丁寧に一言一句繰り返していた。山田は前歯が少し飛び出していて、年齢は定子と同じく二〇代後半といったところに見える。定子はその前歯を思い返しながら、少なくともこんな男といるところを妹の理子《さとこ》に見られなくてよかった、と安堵するのだった。なぜなら夫どころか理子にさえ内緒で『ほめろす』に登録したことが万が一にもばれたら金輪際子どもを預かってはくれないだろうから。

「こちらのお薬を服用いただきますと十分程で視界が霞んできて、二十分ほどで完全に視界が遮断されます。完全に視界が遮断されたところで、本日ご担当させていただく者が参ります。そこから担当の者の案内で海までドライブさせていただきます。」

インターネットで見てはいたものの、定子ははじめてその青みがかった錠剤の実物を見た。目を見えなくする薬が俗称でSEE（シー）と呼ばれているのはなんて皮肉なことだろう。

この薬が出まわりはじめたばかりの頃には議論が繰り広げられたものだった。マニアの間では目隠しのかわりにシーを服用してセックスすることが流行したのは勿論のこと、視覚障がい者の生活体験プログラムに活用されることが期待されたり、犯罪に悪用される可能性を懸念して危険ドラッグ扱いにすべきだと署名運動が展開されたりもした。果てはシーを積極的に服用する宗教団体まで現れ、わたしたちが普段如何に何も見ていないかを、暗闇の中にこそ真実は存在し、視力を手放してこそはじめて本物の世界が見えるのだ、と謳った。

シーを用いた性的なサービスから健全で教育的なカフェに至るまで様々な店が乱立したが、このブームは一年程しか続かず大方の店は摘発されるか潰れたけれど、『ほめろす』をはじめ、ほんのわずかな店だけは未だ合法的に営業を続けていた。

「安全のために車内にはカメラが設置されており二十四時間体制で監視しております し、万一の際には私どもが駆けつけることができるよう待機しております。また、ご気分が悪いなどの緊急時には車内からもスムーズにご連絡いただけるよう、担当の者より後ほどご案内させていただきます。また視力の遮断効果は三時間です。視力が回復されるまで車内で過ごしていただけるようになっておりますのでご安心ください。何かご質問や不安な点がございましたらなんでもおっしゃってください。」

闇の中で山田の台詞《せりふ》を反復しながら、定子はただひとりきりだった。シーを服用してそのまま失明した若い女の記事を思い出す。何万人かにひとり起こる副作用が原因らしかったが、その何万人にひとりが自分でない保証は何もない。闇の中で不安が弾ける泡のように次々湧きあがっては消えてゆく。定子の目の前のテーブルの上には飲みかけのコーヒーも水の入ったグラスもあるはずだった。けれどその全てに確信が持てなくなり、今自分がいったいどこにいるのかさえわからなくなってくる。ゆっくりと手を伸ばし、そのひとつひとつを指先で確認するが、その指が離れた瞬間から、また全てが不確定になる。

定子はまるで迷子になった子どものように心細くなってくる。闇の中で過ぎてゆく一瞬一瞬を正確に思い返そうとしたが、視覚を伴わない記憶をいったいどうやって整理したり思い出せば良いのか、定子はわからないことをはじめて知るのだった。

男がやってくるまで果たしてどれほどの時間が過ぎたのだろうか。それはものすごく長い時間にも、ほんの一瞬のようにも感じられた。

「はじめまして。ジェレミーと申します。」

それは低く澄んだ流暢《りゅうちょう》な日本語だった。普段ならばジェレミーだなんて洋風気取り馬鹿げている、どうせ剛力権太《ごうりきごんた》だとかそんな名前の方がずっと似合いそうな顔だろうに、と失笑するところだが、その時の定子はその名の響きに感動さえ覚えた。

ジェレミーに促されるまま定子はすがるようにしてその手を取る。指を絡ませる。その時、定子は思わず震えながら吐息を漏らした。何もかもが不確かな闇の中で、誰かの手に、指に、身体に、熱に、触れることが、こんなにも安堵と興奮をもたらすなんて。

○

彼女の二人の娘たちは両手に軍手を嵌めている。彼女の葬式が終わって間もなく、その家を引き払うことに決めたので、香水の匂いが未だ残る部屋をみんな掃除する必要があったのだ。

彼女のベッドの枕元の引き出しからはいとも簡単に一枚の名刺が出てきた。

『ほめろす』

分厚く光沢のある黒い紙に光る金の箔押しが施されている。

下の娘はマスクを嵌めたままその名刺を手に憤慨する。

「別にママだって大人なわけだし、再婚しようが、何しようが構わないけど、マジでありえないわ。」

『ほめろす』はSEEを服用し、パートナーの男と共に海へドライブデートをするというデートクラブだ。テレビや週刊誌にも何度か取り上げられていたので、彼女の二人の娘たちもその名は知っていた。

上の娘は彼女の洋服棚を開け、これまで素手で丁寧に擱まれてブラシをかけられていたその中身を軍手で摑みながら曖昧に答える。

「まあでも、そんな風に軽蔑しなくたっていいじゃない。パパが死んでからきっと寂しかったのよ。」

「寂しいとか寂しくないとかそういう問題？　第一あんなに金つぎ込んで、意味わかんない。第一ママと一緒に死んだあの男の写真見た⁉　警察に見せられて、わたしマジひいたもん。わたし最悪死ぬならイケメンと一緒がいいわ。事故とはいえあれじゃ浮かばれないね。」

「まあ髪型も酷かったけど。でもどうせママは顔なんて見てなかったわけだし。」

「だからこそよ！」

彼女の二人の娘たちは一瞬沈黙してから堪えきれなくなって思わずくすくすと笑った。

「それにしても、ママ、白内障で失明しかけた時には、あんなに大騒ぎしてたくせに、今度はわざわざ薬飲んで失明ごっこ？　死んだパパが可哀想よ。」

下の娘は不満そうにマスクの下で口を歪めた。

「パパだってキャバクラとか行ってたじゃん。」

上の娘もマスクの下で口を歪める。

「若い頃の話でしょ。」

「年寄りだって性欲あるのよきっと。」

「親は別。」

「ていうか男は勃たなくなったりするけど、女って幾つまでやれるもんなのかしら。」

彼女の二人の娘たちはそれから顔を見合わせた。

そしてそれぞれは彼女がセックスをする姿を、あるいはかつてセックスをしていた姿を一瞬だけ想像する。この彼女の二人の娘たちは紛れもなく彼女が彼女の夫とセックスをして生まれた子どもであったが、それを敢えて想像するのは実に奇妙なことだった。

「てかさ、見えないのに海なんかいってどうすんだろ。そんなもんいかなきゃ事故にだって遭わなかったのに。」

下の娘はそう言いながら名刺をベッドの上に投げ捨てると、台所の方へ去っていった。

上の娘はもはや誰も眠らなくなって久しい彼女のダブルベッドをしばらく眺めていた。それからそこに投げ捨てられた『ほめろす』の名刺を軍手のまま拾い上げ、こっそりとポケットに滑り込ませるのだった。

○

「海です。」

ジェレミーの声が告げる。

「海。」

定子は闇の中で瞬きしながら、海、と口の中で繰り返す。そうしながらその手で、指先で、ジェレミーの身体に触れて、その存在を確かめたい気持ちに駆られていた。

「右手に今、海が見えてきました。」

ジェレミーの呼吸や唇を動かす音さえ聞き逃すまいと、定子は耳を澄ます。

そうするうちに定子の身体の中に、光に満ちた海の光景がゆっくりと広がってゆく。今朝は曇り空だったし、季節は秋だったので実際にはどんよりと灰色の汚れた東京の海が広がっているのかもしれなかったが、定子の中にはどこまでも青い海だけがあるのだった。深く息を吸い込む。車独特の匂いがする。高速道路を降りたのだろう。車が振動で微かに揺れている。

定子は夫と二歳半になる娘と一緒に車を借りて海へ行こうと約束をしていたことを思い出す。けれど、定子の母が突然死んだので葬式や家の片付けやらに追われて結局のところ、夏には海のかわりに近場のプールへしか行くことができなかった。帝王切開の跡を隠すためビキニではなくワンピース型の水着姿でプールサイドに寝そべりながら、苛立っていたのは夫でも娘でもなく定子自身だった。

「それにしてもママが死んだおかげで私たちは海へも行けずこのありさまよ。」

娘は髪からプールの水を滴らせたまま、小さな手を定子に投げ出しきつく目を閉じている。いっぺんだけよ。定子は娘の小さな手のひらの上にハートのマークを描いてやる。

娘はゆっくりと目を開けると大きく叫び声をあげる。

「ハート！」

それからすぐさまもういっぺんと繰り返し、定子の手のひらの上に手を載せ、再びきつく目を閉じている。

定子の夫は困ったように笑ってビールを飲んでいる。

「まあまた来年行けばいいじゃん、海なんて。」

来年なんて、次の夏なんて、本当に来るのかしら。ママが突然死んだように、私たち家族の誰かひとりが来年にはもういないかもしれないのに。

そうだ私たちには未来なんて何一つ見えないのだから。

それから定子は、潮に導かれるようにして過去の記憶の中を漂い始める。

夏の太陽の光。中学生の定子は妹の理子と二人で車のバックシートに凭《もた》れかかっている。父がハンドルを握り、母が助手席でミニスカートの上に地図を広げている。

理子は柔らかな小さな手で定子の手を取りながら怒ったように言う。

「ちゃんと目閉じてよね。」

「閉じてるってば。」

定子はよりいっそうきつく目を閉じてみせる。瞼の裏は真っ暗ではなくて太陽の光が透けていて、色とりどりの小さな粒が見えた。

「何してるの?」

父の声が聞こえる。

「ヘレンケラーゲーム。」

理子が答える。

「何それ。」

助手席から母の声。

「ウォーターって手のひらに書くみたいなこと。」

理子は投げやりに答えながら、指先で定子の手のひらに文字をひとつずつ書いてゆく。

闇の中で、ひとつひとつのものが名づけられてゆく。井戸から湧き出る冷たい水はウォーターになる。手のひらに触れる自分ではない誰かの感触。その指先が、ひとつひとつの名を、伝えてくれる。

定子は手のひらに意識を集中する。

S―E―A。

SEA。海。

定子はゆっくりと目を開ける。

あの時、定子の手のひらに書かれた文字は本当は何だったっけ?

右手の窓の向こうに海を見る。

父が片手をハンドルから離して、レバーを回して窓を開ける。

「海だよ!」

窓から強い風が吹き込んで母の膝の上の地図を舞い上げる。

理子はけだるそうに定子に耳打ちをする。

「はやく家に帰りたい。だいいち、わたし車って嫌いよ、酔うし最低最悪。」

理子は海を見ようともせずに定子にその左手を投げ出すと小さな眉間に皺を寄せてきつく目を閉じていた。そこへ窓から射しこむ太陽の光があたってゆらゆら揺れている。母が笑いながらゆっくりとこちらを振り返る。母の一つに結った髪から溢れる後れ毛もまた光の中でゆらゆら揺れている。けれど、定子はまだ若い頃の母の顔をうまく思い出せない。

○

上の娘はひとりきりになったことを確かめ、ポケットから『ほめろす』の名刺を取り出した。箔押しの文字を指先で撫でてみる。それからそこに記されたメールアドレスにメッセージを送り登録をするのだった。

こんなことをしたのが下の娘にばれたらもう金輪際子どもを預かってくれなくなるだろう。

○

ジェレミーがスイッチを押す音が聞こえ、車内に窓の向こうから風が流れ込んでくる。風は潮の匂いがした。

定子は深く息を吸い込み闇の中で瞬きする。そして遂に堪え切れなくなって、ミニスカートの膝の上に置いていた右手をゆっくりとジェレミーの方へ伸ばす。しばらく定子の手は宙を彷徨《さまよ》った。しかし、それはすぐにジェレミーの暖かな左手に包まれた。二人の指先が絡まり合う。時折強い風が吹いて定子の一つに結った髪から溢れる後れ毛を揺らした。

定子はゆっくりとジェレミーの左手を膝の上へ引き寄せると、その手のひらを開いてしばらく両手で撫でた。

「うちの子、ヘレンケラーゲームが好きなの。手のひらに絵や文字を書いてそれをあてるのよ。」

定子は両手でゆっくりとジェレミーの手のひらを開く。

定子はそれから指先に触れる。ジェレミーはくすぐったがって声をたてて笑った。定子もつられて笑う。

こんな風に笑うのは、いったいどれほどぶりのことかしら。

定子はもう一度深く息を吸い込む。すると、今度は潮の香りよりもなお自分のつけている香水の匂いがするのだった。

定子はゆっくりとその手のひらに、指先で文字を書く。

「S──」

定子が瞬きをしながらその指先で次の文字を書き始めたその瞬間、定子の身体が大きく揺れた。何かに叩きつけられる。闇の中で一瞬の時間が引き伸ばされてゆく。ブレーキを踏む音と、衝撃音が響く。ジェレミー。どこにいるの？

いや、私の隣にいるのは、もっと違う名前の誰かだったかもしれない。アンドレ？　トニー、いや、ヨンだったか。私はこうして誰かの手のひらに文字を書くことを、これまで、もう何回、いや何百回繰り返してきたのだったかしら。

闇の中で、はじめてジェレミーと海へドライブしたあの日から、どれほどの時間が経ったのか、うまく思い出せない。その手から、身体から、指が、名が、ゆっくりと何もかもが離れてゆく。指先を伸ばし、何かを摑もうとしたら、そこにはどろりと生暖かいものが触れた。サイレンの音が薄れゆく記憶の中で響いていた。

○

「ママ。ママ。」

闇の中で果たしてどれほどの時間が経ったのかさえわからなかった。ママと呼んでいるのは定子ではない。定子がママと呼ばれているのだ。瞼を閉じたまま記憶の中を漂いながら、そうだ、私はもう娘ではないのだ、母なのだ、とぼんやり定子は考える。

夏。あれから私たちは海へ行ったのだったかしら。

「ママ。」

いつから私は娘でなくなってしまったんだろう。私はまだ二〇代のあの頃のような気持ちがするのに。いつの間に私はこんなに年を取ってしまったんだろう。

「ママ、お願い、目をあけて。」

私が産んだ娘の声。けれど定子は目を開けるのが恐ろしかった。その娘にも女の子どもが生まれたのはいつのことだったかしら。

通り過ぎてゆく人たちの会話が耳の奥に聞こえる。

「この安っぽい香水の匂いときたらひどいもんだ！」

もはや目を閉じても開けても何も見えるような気がしない。

彼女は瞼のかわりにゆっくりと手のひらを開く。そしてそこに誰かの指が触れるのをひたすら待っていた。

燃える本の話

この街では両手いっぱいの薪やバケツ一杯の炭、完全に装丁された本（ユーモアのある本と詩集は除く）などによって、熱烈な愛をあらわせる。

読者はレーニンの本を手放せるだろうか？　去年の冬、レーニンの本がよく燃えることがわかったからだ。

——FAMA『サラエボ旅行案内　史上初の戦場都市ガイド』

リンドウはおばあちゃんの膝に頭を凭《もた》せかけながら、窓の向こうを眺める。幾つもの真新しいビルディングが真昼の太陽の光を浴びていて、ガラスがきらきらと鏡のように光を反射しながら輝いている。真夏なので外はきっと三十度を超える暑さだろうけれど、部屋の中はクーラーがきいているのでとても涼しい。おばあちゃんはリンドウの長くて黒い髪をしばらく撫でてから、もぞもぞと身体を動かすと、そのスカートのポケットから缶にしまわれたポッキーを取り出した。

「ママには内緒だよ。」

リンドウは嬉しさに飛び起きて、その缶を両手で丁寧に開けると、人差し指と親指でポッキーを一本つまみだす。なんて素敵な形をしたお菓子なんだろう。まるでいつかネットで見たユーカリやアカシアの木の枝みたい。リンドウはそれを軽快な音を立ててポリポリ食べた。口の中に甘いチョコレートとビスケットの味が広がる。

「ママにも友だちにも、もちろん内緒にするに決まっているわ。」

内緒にするというより、絶対に言ったりなんてしない。なぜなら、ある日、リンドウが学校の友だちにポッキーが好きだと告白したら、くすくす笑われたから。

「リンドウは、そんなもの食べるの!?」

そう、それは、時代おくれのそんなお菓子を食べるの？　という疑問の省略形だった。実際、それはリンドウのおばあちゃんが闇で買ってきて衣装戸棚の奥に隠していたお菓子なわけで、確かに時代おくれで古くさくていかにも年寄りしか食べない類のものであることには違いなかった。

「だいいちチョコレートなんて体に悪いってママに怒られる。」

ママは甘いものも、塩辛いものも、油っぽいものも、絶対に食べないし、そんなものを食べるだなんて前時代的だと言う。そんなものを食べていたから、一世紀も生きないうちにみんな死ぬのよ。

おばあちゃん曰く、ポッキーなんて随分モダンな食べ物で、おばあちゃんが子どもだった頃のおばあちゃんというのは、黒豆せんべいだとか、大福だとか、スルメイカだとか、マグロの刺身だとか、そんな奇妙なものをぱくぱく食べていたのだそうだ。リンドウにはそれがどんな食べ物だかわからなかったけれど、ママはそれを聞いただけできっと卒倒するだろう。

リンドウはポッキーを頬張りながら、ずっとずっと昔には、そんな奇妙な食べ物を食べている人たちがいて、おばあちゃんもリンドウとおなじくらいの子どもでまだおばあちゃんじゃなかった頃があったのかと思うと、不思議な気持ちがした。おばあちゃんはもう長いこともうずっと昔からおばあちゃんだったみたいに思えるのに！

おばあちゃんがリンドウとおなじくらいの子どもだったころ、本は木でできていた。ユーカリやアカシアの木から作られた紙で、本はできていたのだ。本という漢字を見ればわかる、とおばあちゃんは言う。本、それは木の根っこを、事物の大もとのことを、意味しているのだそうだ。

最近では本だけでなく木もすっかり全部なくなってしまったから、リンドウは本物のユーカリもアカシアも見たことがない。街に残っているのは石と金属とデータだけだった。ごくわずかばかり残った種——たとえばカカオやトウキビ、米、小麦——が植えられたが、それは畑にしかならなくて、もう森は森には戻らなかったし、木は本にもならなかった。

人々はすっかり失われてしまった植物を懐かしみ、その子どもたちの名前には、かつて存在した植物の名前をつけた。だから子どもたちの名前だけが、まるで植物園か森みたいだった。

リンドウは、そんな植物の名前ばかりが溢れる学校のクラス遠足で訪れた博物館で、たった一度だけ、木からできている本というものを見たことがある。ぴかぴかの石造りの博物館には、古代の人が記したという絵のような文字が彫られた大きな石や粘土板の本が幾つも飾られていた。そしてその隣のガラスケースに、木からできた本が厳重に陳列されてあった。それは紙の本だった。緑色と赤色の本は眩く鮮やかで、その表紙には『ノルウェイの森』と印刷されていた。

博物館の係員の女の人が小さなマイクロフォンで解説をしていた。

「昔、本はみんなこんなふうに木から作られた紙でできていたのです。それは、何億冊、いや何千億冊もこの地球上に存在していました。これまでに失われてしまったのは、木々や植物だけではありません。殆どの本は、貴重な本も、図書館も、まるまる消失してしまいました。とても残念なことです。この二冊の上下巻の本は、奇跡的に日本で発見された紙の本なのです。」

リンドウの隣でじっとその紙の本を食い入るように眺めていた同じクラスの蘇《そ》鉄《てつ》は、リンドウに耳打ちをした。

「ねえ、どうしてこの本が残ったか知っている？」

「誰かがとても大切にしていたから？」

リンドウが言うと、蘇鉄は誇らしげにその本を指差した。

「つるつるした紙は燃えにくいからだよ。」

リンドウはそれを聞いて思わず小さく声をあげた。

「蘇鉄は、本が燃えるのを、見たことあるの？」

蘇鉄はふふんと鼻を鳴らしてそれには答えなかったが、その日をきっかけに、リンドウと蘇鉄は、友だちになったのだった。

ふたりは、しばしば木でできた紙の本のことを夢中で話し合った。

「ねえ、むかしには、ノルウェイに森があったのかしら？」

「きっとあったはずだよ。」

「森があったのだったら、木もたくさんあって、本もたくさんあったのかしら。」

ふたりはそうしてうっとりと、あのガラスケースの中に飾られた紙の本のことを想うのだった。

「いつか大人になったら、わたし、あの博物館で働きたいな。そうしたら、お掃除のときに、あの本をガラスケースから取り出して、埃を払ったり、ブラシをかけたり、触ったり、ページを開いたりもできるでしょう？」

リンドウが言うと蘇鉄はうっとりとしたままこう言った。

「じゃあぼくは世界一のお金持ちになって、あの本を買って自分のものにする。そして部屋のベッドに寝転がり、指で紙の上の文字をなぞりながらページをめくるんだ。」

「何て素敵だろう！　どんな感触かな。どんな匂いがするかしら？　ああ、もしあの本を手に入れたら、絶対に触らせてね。約束よ。約束破ったら針千本のますだからね。」

「うん、針を千本だって万本だってきっとのむよ。」

リンドウと蘇鉄は小指をしっかりと絡め合わせて指切りをした。


けれどあの本が失われてしまったのは、それからひと月もしないうちのことだった。真夜中、博物館に侵入した犯人はガラスケースを金属製のバットで割って壊し、本に油を撒《ま》いて火をつけたのだという。本は白い紙の部分から徐々に燃え、最後にはいちばん燃えづらいという表紙の紙も黒々とした煙をあげ、『ノルウェイの森』は上下巻とも灰になって消えてなくなった。テロリストの仕業だとか、頭のおかしい人がやったのだとか、政治犯だとか、様々な憶測が飛び交った。そして、燃えあがる紙の本の映像は何度もニュースで流された。

リンドウはその炎を食い入るように何度も何度も繰り返し見つめていた。

おばあちゃんは、リンドウがその映像を何度も見ることに反対だった。

なぜなら、まだおばあちゃんが若かった頃、外国の大統領が絞首刑になった映像が流されたとき、それを見た子どもたちが何人もそれを真似して、首吊りになって死んでしまった事件があったからだそうだ。

リンドウはそれを聞いて、でも、もうこの世には、燃やせる本なんて残っていやしないんだから真似のしようもないじゃないの、と思うのだった。

「本を焼く者は、やがて人間も焼くようになるという、ハイネの言葉は本当だったもの。」

おばあちゃんはそう続けて言った。

「また人間が焼かれるようにならなきゃいいけど。」

リンドウにはその言葉の意味がわからなかったけれど、その言葉を聞きながら、人間というのも紙の本みたいに燃えてなくなってしまうのだろうか、と小さな頭で一生懸命に考えたがうまく想像できなかった。

しかしおばあちゃんの言葉通り、本の次に焼かれたのは人間だった。なぜなら、それからまたひと月もしないうちにおばあちゃんが死んだのだった。おばあちゃんは死んで焼かれた。

リンドウは襟のついたブラウスに、ジーンズのかわりにスカートを穿《は》かされて、火葬場というところへ連れて行かれた。お坊さんやら神父さんやらが大勢やってきては、それぞれの家族の前でなにやら唱え、家族はみんな泣いていた。おばあちゃんはオーブンのような銀色の機械の中に入れられて燃やされた。煙突からは煙が出ていたけれど、いったいどの煙がおばあちゃんのものだかはわからなかった。次におばあちゃんがそのオーブンから出てきたときには、おばあちゃんは薄いピンク色をした骨になっていて、ママとリンドウはその骨を長い鉄の箸で一緒に拾って骨壺の中に入れた。

リンドウは箸を握りしめながら、紙の本も、おばあちゃんも、大切なものはどうしてみんな燃えてなくなってしまうのだろうと思ったら哀しくなって涙が溢れた。

部屋に帰ると、おばあちゃんが隠していたポッキーの缶がリンドウのベッドの上にひっそりと置かれていて、きっとそれはママなりの気遣いだろう。リンドウは大切にそれを抱きしめて眠った。

蘇鉄がリンドウの家へやってきて気まずそうに呟いた。

「燃えちゃったね。」

果たしてそれは紙の本のことなのか、おばあちゃんのことなのか定かではなかったが、リンドウはただ黙ってこくりと頷いた。

リンドウは窓辺のソファに蘇鉄と並んで腰掛け、ポッキーの缶を取り出した。

「みんなには内緒だよ。」

蘇鉄はポッキーを見ても、笑いもしなかったし馬鹿にしたりもしなかった。そのかわり、これどうやって食べるの？　と真顔で尋ねたのだったが。

窓の向こうでは、いつもと同じに、幾つもの真新しいビルディングが真昼の太陽の光を浴びていて、ガラスがきらきらと鏡のように光を反射していた。

「こうやって食べるのよ。」

リンドウはポッキーを一本取り出し、それを蘇鉄の口にくわえさせた。

「こうやるの。」

それからリンドウはポッキーの反対側の端を齧《かじ》ってみせた。

「それで両方の端から同時に食べてゆくの。」

「こう？」

蘇鉄もポッキーを齧ってもぐもぐと口を動かしてみせる。それは一本のポッキーをふたりで同時に両端から食べてゆくみたいな奇妙な格好だった。口の中にはビスケットとチョコレートの甘い味が広がった。リンドウはゆっくりと目を閉じる。それから、燃えてなくなってしまった本のことを想った。燃えてなくなってしまったおばあちゃんのことを想った。ゆっくりとふたりの唇は近づいてゆく。

これは「ポッキーゲーム」という食べ方なんだ。おばあちゃんはその食べ方をずっと前に自慢げに教えてくれた。ポッキーがどれだけ短くなるところまで食べられるか競うゲームなんだよ。おばあちゃんは、いつかリンドウも大人になったらこのゲームをやったらいい、と笑う。ママには内緒だよ。

リンドウの唇に蘇鉄の唇が触れていた。ポッキーはすっかりなくなってしまったので、それは少しもゲームにならなかったけれど、ふたりは唇を離さなかった。リンドウはなんだか心の奥底がじりじりと熱くなってゆくのを感じていた。リンドウの心の中で、本が燃えあがる。おばあちゃんが燃えあがる。炎は燃えて燃えて燃えさかり、それは決して消えない。

引用・参考文献

『和泉式部集・和泉式部続集』清水文雄 校注（岩波文庫）
『和泉式部日記』清水文雄 校注（岩波文庫）
『核の誘惑』中尾麻伊香（勁草書房）
『ペグマタイトの記憶』福島県石川町立歴史民俗資料館 編（福島県石川町教育委員会）
『日本の原爆』保阪正康（新潮社）

初出

SUNRISE　日出ずる　「六本木クロッシング２０１６展：僕の身体、あなたの声」（森美術館）
宝石　「すばる」２０１６年４月号
シー　「早稲田文学」２０１６年春号
燃える本の話　「飛ぶ教室」２０１５年秋号

単行本化にあたり、加筆・修正を行いました。

本書はフィクションであり、実在の個人・団体等とは無関係であることをお断りいたします。

装画　小林エリカ（kvina）
装丁　田部井美奈（kvina）

小林エリカ（こばやし・えりか）

一九七八年東京生まれ。作家・マンガ家。二〇一四年『マダム・キュリーと朝食を』で、第二七回三島由紀夫賞・第一五一回芥川龍之介賞にノミネート。その他の著書に、アンネ・フランクと実父の日記をモチーフにしたノンフィクション『親愛なるキティーたちへ』、作品集『忘れられないの』、放射能の歴史をめぐるコミック『光の子ども』（1〜2巻）など。

彼女《かのじょ》は鏡《かがみ》の中《なか》を覗《のぞ》きこむ

二〇一七年四月一〇日　第一刷発行

著者　小林《こばやし》エリカ

発行者　村田登志江

発行所　株式会社集英社
〒一〇一-八〇五〇　東京都千代田区一ツ橋二-五-一〇
電話　〇三-三二三〇-六一〇〇（編集部）
〇三-三二三〇-六〇八〇（読者係）
〇三-三二三〇-六三九三（販売部）書店専用

印刷所　大日本印刷株式会社

製本所　ナショナル製本協同組合

定価はカバーに表示してあります。

ISBN978-4-08-771031-1 C0093

模範郷　リービ英雄

「あなたが子どものころに住んでいた家を探してみないか」という手紙を受け取り、ついに約半世紀ぶりに故郷を訪ねることを決意した「ぼく」。故郷である台湾への思い、両親の記憶、ライフワークである中国への旅、そして作家自身の出自など、一貫して追求してきたテーマが、濃密な文章で凝縮された一冊。第六十八回読売文学賞受賞作。

イノセント　島本理生

消せない傷を抱く魂にも、いつか救いは訪れるのだろうか。やり手経営者と、カソリックの神父。複雑な事情を抱えた美しい女性に惹き寄せられる、対照的な二人の男。儚さと自堕落さ、過去も未来も引き受けられるのは——。『ナラタージュ』『Red』を経て、島本理生がたどり着いた到達点。あふれる疾走感。深く魂に響く、至高の長編小説。